Le Cadavre indiscret

Michel Henry

Le Cadavre indiscret

ROMAN

Albin Michel

Toute ressemblance avec des événements
ou des personnages réels ne peut être que fortuite.

© Éditions Albin Michel S.A., 1996
22, rue Huyghens, 75014 Paris
ISBN 2-226-08190-9

1

Celui dont les lèvres se taisent parle avec les mains. J'ai lu ça quelque part. Comme quoi il est utile d'avoir fait des études.

Elle se tient assise devant moi, droite, le regard posé sur son bureau. Ses lèvres sont immobiles. Ses mains se crispent insensiblement tandis que je parle, serrées sur sa poitrine qui se lève et s'abaisse au rythme d'une respiration ralentie. Autour de ses doigts, des plis se forment sur son chandail d'un gris raffiné, de part et d'autre d'une croix d'or. Elle attend. Elle attend que je m'en aille.

— Je suis tout de même surpris que vous ne sachiez rien des activités de M. Dutheuil durant ces dernières semaines. Vous étiez sa collaboratrice la plus proche !

— M. Dutheuil ne venait plus ici que rarement, pour de brefs passages. Il donnait quelques coups de téléphone et repartait très vite. Souvent je ne le voyais même pas.

— Mais enfin, il occupait toujours son poste de...
secrétaire général, je crois ?

— Il l'occupait théoriquement. Pratiquement, il
ne faisait plus rien pour la compagnie.

— Qui se chargeait de son travail ?

— Son adjoint.

— Et vous ?

— Eh bien, j'étais devenue en fait l'attachée de
direction... du sous-directeur. Lui et moi traitions
désormais toutes les affaires.

— D'énormes affaires !

— En effet. Comme vous le savez, les compagnies
d'assurances sont tenues de posséder des réserves
considérables. Celles-ci consistent principalement
dans un patrimoine immobilier, à côté d'un portefeuille de titres.

— C'est ce patrimoine que gérait M. Dutheuil ?

— Oui.

— Un poste très important.

Elle a posé les mains sur les bras du fauteuil et va
se lever.

— Que faisait M. Dutheuil depuis qu'il avait
interrompu ses fonctions à la CAF ?

— Il était détaché dans un cabinet ministériel,
conseiller, je crois.

— Un poste encore plus élevé ! Quelles étaient
ses attributions exactes ?

— Je ne sais pas.

— Il avait un bureau là-bas ?

— Je suppose.

— Il ne vous avait pas parlé de ses nouvelles fonctions ?

— Non.

— Vous ne le lui avez jamais demandé ?

Elle prend l'air choqué.

— Il n'est pas habituel de poser des questions à ses supérieurs hiérarchiques.

— Percevait-il encore son salaire de secrétaire général à la CAF ?

Cette fois, elle est visiblement outrée.

— Je n'en ai aucune idée ! Ce n'est pas mon affaire !

— Aviez-vous des relations avec M. Dutheuil en dehors de vos activités professionnelles ?

De nouveau, elle lance vers moi un regard très mécontent.

— Aucune.

— Vous parliez tout de même avec lui. Vous preniez un certain nombre de repas ensemble...

— Des repas d'affaires uniquement.

Elle fait mine de se lever. Tout son être me signifie mon congé.

— Quand avez-vous vu M. Dutheuil pour la dernière fois ?

Il faut bien se rasseoir et poursuivre la conversation :

— Le jour de sa mort. Il participait à une réunion de la direction où il devait être question du patrimoine.

— Il venait donc encore quelquefois.

— Cette fois-là.

— Qui assistait à la réunion ?

— Toute la direction. Le P.-D.G., les directeurs des différents départements, leurs collaborateurs immédiats.

— M. Dutheuil est intervenu ?

— Non. Il était en retard et n'est resté qu'un moment. Il venait d'arriver quand on l'a appelé au téléphone. Une obligation imprévue l'obligeait à partir. Il a quitté la salle immédiatement.

— Sans rien dire ?

— Il m'a demandé d'annuler un rendez-vous qu'il avait ce jour-là à déjeuner. Et de prévenir sa femme qu'il rentrerait tard.

— Quelle heure était-il ?

— Onze heures et demie environ.

— Et ensuite...

— Je ne l'ai plus revu. C'est le surlendemain que, comme tout le monde à la CAF, j'ai appris sa mort.

— Une mort subite. Que disait-on ?

— Qu'il s'était suicidé.

— Cette nouvelle vous a-t-elle surprise ?

— Elle a surpris tout le monde. C'était la consternation.

Je prends le temps de réfléchir. En face de moi, tout sentiment d'impatience semble s'être évanoui. Les mains sont calmes.

— M. Dutheuil avait-il le comportement de quelqu'un qui songe à se suicider ? Était-il déprimé ?

— Absolument pas ! C'est pourquoi nous avons été abasourdis par cette nouvelle.

— Quel genre d'homme était-ce ?

— Un homme d'un extraordinaire dynamisme, jovial, simple. Il avait une activité débordante et vivait sur un rythme frénétique, dans un véritable tourbillon. Il allait de réunion en réunion, avait de multiples rendez-vous. Quand il était ici, il traitait plusieurs affaires en même temps — et en un temps record. Son intelligence était exceptionnelle. De plus, il semblait faire tout ce qu'il faisait avec plaisir.

— Sortait-il souvent le soir ?

— Probablement. Il connaissait énormément de monde.

— Voyageait-il beaucoup ?

— Il s'absentait presque tous les week-ends.

— Pour son travail ou pour son plaisir ?

— Les deux, sans doute.

— Étiez-vous au courant de ses relations ?

— En tant que secrétaire général, il fréquentait les principaux promoteurs parisiens, des chefs d'entreprise, des hommes politiques, des hauts fonctionnaires...

— Et ses relations personnelles ?

— C'étaient en partie les mêmes, j'imagine.

Je marque un temps d'arrêt.

— Vous parlait-il de sa famille ?

— Non, je savais qu'il avait une femme, deux enfants.

— S'entendait-il bien avec sa femme ?

À peine une hésitation.

— Je n'en sais rien. Elle, je ne l'ai jamais rencon-

11

trée. Je suppose que oui. Je vous l'ai dit, il avait l'air d'un homme heureux.

Elle se tait soudain, comme si décidément il convenait de mettre un terme à cet entretien qui n'a que trop duré.

En sortant, je m'aperçois que je n'ai appris que des banalités.

2

Paris est gris, immobile. Il y a une sorte de silence. Peu de monde dans ce quartier solennel et ennuyeux. Dutheuil a dû parcourir ces avenues qui manquent singulièrement de magasins et de cafés. L'idée qu'il est mort les rend plus lugubres. Comment se fait-il que les gens riches se plaisent dans un endroit pareil !

J'arrête un taxi et vais marcher le long de la Seine. Dans le crépuscule, l'eau brille légèrement. Je regarde ce fleuve étrange sur lequel ne circule aucun navire. Tout au plus s'attendrait-on à voir la barque de Charon le traverser lentement. Avec deux ombres à bord, celle du rameur maléfique, celle de son passager que nul ne reverra jamais. Je me demande à quoi pouvait ressembler Dutheuil. Il est indispensable pour l'enquête que je me procure une photo.

Les informations dont je dispose sont dérisoires. À l'Agence, on ne m'a donné que trois adresses, celle de son lieu de travail, avec le nom de sa secrétaire que je viens de voir ; celle de son domicile, où je pourrai joindre sa femme ; celle enfin — encore m'a-t-il fallu insister — de ses beaux-parents.

Le directeur de l'Agence est un imbécile prétentieux auquel, dès notre première rencontre, j'ai donné le nom de Zozo. Plus tard, j'ai appris avec ahurissement que les autres membres du personnel le qualifiaient de ce même sobriquet. La secrétaire est devenue toute rouge quand je l'ai surprise en train de désigner ainsi notre patron. Mais je m'égare ! Le jour où ledit Zozo m'a communiqué les indications ci-dessus mentionnées, je me suis aperçu qu'il me mettait sur cette affaire avec trois semaines de retard.

— Ce retard me gêne un peu, fis-je observer poliment.

— On ne nous a commandité cette enquête qu'hier soir, répliqua-t-il avec une mauvaise humeur évidente.

— Qui sont les commanditaires ?

Cette fois, il explose :

— Vous n'avez pas à le savoir !

C'est à mon tour d'être stupéfait :

— Mais cela se fait toujours dans le cas d'une investigation privée !

— Pas toujours, mon cher ami.

Il ajoute, et ces paroles sont encore dans ma mémoire :

— *Ce sont précisément les commanditaires de l'enquête qui ont interdit qu'on donne leur nom.*

Silence. Toujours aussi sec :

— Vous êtes payé pour une tâche précise et vous n'avez qu'à faire ce qu'on vous dit.

Il se radoucit :

— On vous demande de savoir pourquoi et comment Dutheuil est mort. C'est simple !

Tout à fait simple, quand on dispose de l'adresse de sa secrétaire, avec laquelle il ne travaille plus depuis des semaines, de celle de sa femme, qui doit être dans tous ses états, de celle de ses beaux-parents, sans doute totalement étrangers à l'affaire.

Une fois dans la rue, je décide d'utiliser sans tarder la seconde carte. J'entre dans une cabine. Je me casse le nez sur un répondeur. Coup de chance : deux heures plus tard, lorsque je rappelle, je tombe sur Christine Dutheuil, femme du mort par suicide et dont je ne sais rien de plus.

— Madame Dutheuil ?

— Oui.

— Pardonnez-moi de vous déranger. Je suis chargé de l'enquête sur la mort de votre mari et souhaite vous rencontrer le plus tôt possible.

Suit un long silence, au point que je crois la ligne coupée. Je répète et suis surpris de l'inquiétude qui habite ma propre voix. C'est comme si je lançais un appel :

— Madame Dutheuil !

— Enquêter sur la mort de mon mari ? Mais j'ai déjà rencontré la police. J'ai répondu à toutes leurs questions.

Le ton est tranchant et je bafouille quelque peu :

— Excusez-moi, madame, mais... il s'agit d'une

15

affaire grave, très grave. Dans ces cas-là, euh... vous le savez, il y a dans ce pays plusieurs polices. Et, par conséquent, plusieurs enquêtes...

Je retombe sur mes pieds :

— Ce n'est pas qu'une police soit chargée de surveiller l'autre, mais enfin... diverses séries de renseignements peuvent et doivent — j'insiste sur « doivent » — être confrontées si l'on veut parvenir à un résultat.

— J'ai dit aux enquêteurs qui m'ont interrogée ce que je savais et je n'ai rien à ajouter.

Elle raccroche.

Je sors de la cabine. Paris maintenant est noyé dans la nuit. Les phares des voitures effacent les silhouettes des immeubles. Sur les trottoirs, les gens courent en tous sens, des femmes se pressent vers les dernières boutiques ouvertes, s'engouffrent dans le métro. Je me fraie un chemin au milieu de ces gens affairés.

Je suis sonné. Que faire ? Je viens de brûler deux pistes. Téléphoner aux beaux-parents dans l'état de confusion de mes idées serait de la folie. J'erre un moment. Où aller ? Les imiter : rentrer chez moi.

3

Le lendemain, j'appelle de bonne heure. Inutile d'attendre plus longtemps. Je veux savoir s'il reste une chance. J'ai du mal à articuler les premiers mots :
— Pourrais-je parler à M. François Nalié ?
— Il est absent.
— À qui ai-je l'honneur ?
— Mme Nalié. Mon mari est hospitalisé.
— Je suis désolé. J'appelle pour une affaire délicate. Elle vous concerne aussi bien que votre mari. Il s'agit du décès de... de votre gendre.
— Vous voulez dire : de son assassinat. Mon gendre a été assassiné. Assassiné par les services secrets, sur l'ordre du pouvoir... Je suis sur écoute, mais je m'en fiche. Ils peuvent faire contre moi tout ce qu'ils veulent, ils ne m'empêcheront pas de dire la vérité.
Un silence. Elle semble se reprendre :
— Vous saviez qu'il s'agit d'un meurtre ?
— Je le suppose.

17

— Et que voulez-vous faire ? Qui êtes-vous, d'ailleurs ?

— Je préfère vous le dire de vive voix. Pourriez-vous me recevoir ? Cet après-midi.

— Cet après-midi... d'accord. Mais je voudrais connaître...

— Convenons d'une heure précise. Je sonnerai à trois heures... Disons trois heures et trente-cinq minutes. Vous saurez que c'est moi.

J'ai raccroché. Je vais à la fenêtre et l'ouvre toute grande. Mon cœur bat la chamade. La dernière carte était un joker ! Elle désire se venger. Elle me dira tout... enfin, tout ce qu'elle sait.

J'aime ce quartier du Panthéon. Si laide que soit la bâtisse, son caractère massif et aveugle confère à l'espace qui l'entoure une légèreté extraordinaire. C'est la légèreté de l'air qu'on respire sur un tertre. Des rues dévalent de tous côtés. On se sent libre. Je ne puis venir ici sans émotion. J'ai traversé si souvent cette place lorsque j'étais élève au lycée Henri-IV. Cette fois encore, j'en éprouve le bienfait.

Des policiers en uniforme gardent l'immeuble du Premier ministre. Plus loin, un inspecteur revêtu d'un imperméable fait les cent pas devant le bâtiment où je me rends. Je choisis le moment où il me tourne le dos pour entrer. Au dernier étage, la porte est entrouverte. Une silhouette m'indique le chemin. Je pénètre dans une grande pièce lumineuse. De vastes canapés, des gravures aux murs, une cheminée XVIIIe siècle en marbre blanc, rapportée sans doute. Je vais droit à la fenêtre que j'ouvre malgré le froid. Je pose le pied sur un balcon minuscule, simple avancée comme on en trouve dans ces immeubles fin de siècle si nombreux à Paris.

Devant moi, le spectacle est splendide. Vue d'en haut, la masse absurde du Panthéon cesse d'obstruer l'espace. Autour d'elle circulent librement l'air et la lumière de Paris. Les arcs-boutants de Saint-Étienne-du-Mont découvrent d'un coup leur puissance. Au-dessus d'eux, pareil à un long cou d'oiseau, le clocher jette son cri vers le ciel. Et le jettera éternellement, en dépit des barbouzes qui circulent sur la place et de leurs commanditaires monstrueux. Accolée à la tour de l'ancien cloître, la vaste grange du lycée Henri-IV se développe jusqu'à la petite porte par où on se tirait pour aller jouer au ping-pong pendant le cours de maths. Quel plaisir !

Elle est venue me rejoindre sur l'étroit balcon.

— Madame Nalié ?

— En effet, mais vous ne m'avez toujours pas dit qui vous êtes !

La voix est bienveillante.

— Allons parler ailleurs, lui dis-je. Je vous attends devant l'immeuble — un peu plus loin.

— Vous croyez...

Je reviens dans la pièce pour en faire le tour, soulève quelques gravures. Certaines sont anciennes. Et puis la cheminée rapportée attire de nouveau mon attention. À genoux, j'en palpe l'intérieur. Ils ne se fatiguent pas, les mecs des services secrets, ce n'est pas l'imagination qui les étouffe !

Elle m'interroge du regard.

Je lui montre du doigt l'endroit où il y a le micro et quitte l'appartement.

Dehors, le poulet fait toujours les cent pas. Je me dissimule derrière les voitures stationnées autour du Temple de la Raison, comme nous l'appelions ironiquement autrefois.

Pourvu qu'elle ne change pas d'avis, pourvu qu'elle vienne ! Je n'ai été ni très aimable, ni très loquace. Mais non : la voici qui sort. Elle hésite. L'inspecteur est de l'autre côté. Je quitte l'abri des voitures sans me retourner ; je sais qu'elle me suit. Une rue à droite, une sur la gauche, nous contournons plusieurs pâtés de maisons. Personne derrière nous. Enfin un café, totalement désert à cette heure.

Elle est assise en face de moi, nous nous dévisageons sans vergogne. Quelque chose d'aigu se dégage de toute sa personne. De son regard qui traverse la zone d'ombre des orbites légèrement enfoncées, de son nez droit, de ses lèvres serrées. Ses traits avancent vers vous comme la proue d'un navire. Belle femme au demeurant. Elle a même dû être superbe. Une orgueilleuse avec ça ! De quoi faire du bon travail.

J'essaie de masquer mon excitation.

— Qui je suis ? Je travaille pour le compte d'une agence privée. On m'a mis sur cette affaire hier matin. Hier matin ! Vous imaginez ? Trois semaines après le meurtre. Et les renseignements que l'on m'a transmis sont dérisoires. Quelques coupures de presse et trois adresses. Celle de la compagnie d'assurances, celle de votre fille, la vôtre.

Elle m'écoute avec une attention extrême.

— Et qu'avez-vous appris ?

— Rien. J'ai vu l'attachée de direction qui servait de secrétaire à... à votre gendre ?

Elle acquiesce.

— Elle ne m'a fourni que des indications insignifiantes. Quant à votre fille, elle a tout simplement refusé de me recevoir. Je ne puis plus compter que sur vous.

De nouveau, nous nous dévisageons.

Il y a soudain quelque chose de las dans son visage, dans le pli de sa bouche.

— Que cherchez-vous exactement, monsieur... ?

— Michel. Joannés Michel. Si vous le voulez bien, quand je vous téléphonerai, je me désignerai ainsi : Michel. Ça passe pour un prénom. Et je vous appellerai Marie. On croira que je fais partie du cercle de vos amis.

— Vous pensez qu'ils écoutent encore ?

— Plus que jamais.

Elle reste songeuse, et puis elle se redresse d'un coup.

— Comment pouvez-vous dire cela si vous ne savez rien de cette affaire ? Et comment espérer la résoudre dans ces conditions !

Dépit, une sorte de colère rentrée, un peu de mépris — toujours est-il qu'elle a haussé le ton.

Pour la première fois, je lui souris.

— C'est ça, voyez-vous, qui est intéressant, ce qui

m'a tout de suite frappé quand on m'a confié cette affaire. S'adresser à une agence privée pour doubler deux ou trois polices — officielle, officieuse, spéciale, ou secrète —, ça coûte de l'argent ! Et si vous donnez de l'argent pour découvrir, mettons, un assassin, vous communiquez aussi tous les éléments dont vous disposez, n'est-ce pas ? Et vous savez que c'est dans les premières heures qui suivent un crime qu'on a le plus de chances de découvrir les indices importants, les bonnes pistes.

Dans le café mal chauffé, elle resserre les pans de son manteau.

— On me charge de l'enquête trois semaines après, on ne me procure aucun adjoint et pratiquement aucun renseignement véritable ! Le directeur a beau être un idiot... Voyez-vous, chère madame, il y a deux sortes d'enquêtes. Celles qui sont destinées à aboutir et celles dont la vocation est de se perdre dans les sables.

Je regarde autour de moi. Il n'y a toujours personne. Derrière son comptoir, à l'autre bout de la pièce, le garçon lit en douce un journal. Je me penche vers elle.

— L'enquête dont on m'a chargé n'a aucun sens. À moins que... à moins que ce ne soient les assassins eux-mêmes qui l'aient commanditée.

Elle me considère avec stupeur. Je jette un coup d'œil à la vitre du café. Personne dehors non plus.

Elle semble légèrement incrédule maintenant.

— Pourquoi feraient-ils cela ? Où serait leur intérêt ?

— Leur intérêt ? Faire croire à leurs proches que ce ne sont pas eux les coupables, qu'ils recherchent la vérité, montrer qu'il n'y a pas eu meurtre. Mais tout cela, ce ne sont encore que les motifs avouables, plausibles. Le vrai motif...

Son visage est tendu vers moi.

— *Ils veulent savoir ce qu'on sait sur cette affaire*, s'ils risquent d'être découverts, s'ils sont eux-mêmes en danger, si d'autres les recherchent. Auquel cas...

Ses yeux s'agrandissent.

— Vous m'avez parfaitement compris : auquel cas, ces curieux devraient être eux-mêmes supprimés...

Nous restons sans rien dire, chacun s'efforçant de sonder la pensée de l'autre.

— Pourquoi avez-vous accepté ce travail ? demande-t-elle soudain. Vous aimez à ce point le danger !

— C'est mon métier ! Je fais partie de ceux qui doivent gagner leur vie. Et puis, voyez-vous, il faut apprécier les risques à leur juste valeur. Supprimer ceux qui en savent trop, c'est un précepte couramment admis, mais dont l'application est forcément limitée. On ne peut pas liquider tout le monde. Ils ont déjà un mort sur les bras, qui semble les préoccuper davantage que s'il était vivant, si j'en juge par toute cette surveillance...

Elle baisse la tête.

— Mais *nous* — elle a dit « nous » —, que pouvons-nous bien attendre ?

Elle semble absorbée dans des réflexions qui ne sont plus que pour elle.

— Je me demande, reprend-elle tout bas, si ma fille n'a pas raison.

— Que dit-elle ?

— On lui a conseillé de tout laisser tomber. Selon ses amis, il y aurait un très grand risque à vouloir poursuivre nos investigations. Et, de toute façon, celles-ci n'aboutiraient à rien. Vous l'avez dit vous-même...

Elle fait une pause.

— Je n'ai pas le droit d'aller contre la volonté de ma fille, n'est-ce pas ? Elle a parlé de menaces pour ses enfants. Elle veut sauver ce qui peut encore l'être.

Pour toute réponse, je lui indique le plateau qui est devant nous. Nous buvons notre thé à petites gorgées.

— Parlez-moi de votre gendre. Quel âge avait-il ?

— Il aurait eu quarante ans ces jours-ci.

— Quand avait-il rencontré votre fille ?

— Il y a longtemps, ils étaient très jeunes. Ils se sont tout de suite plu énormément. Ils étaient toujours ensemble. Ils s'entendaient à merveille. Leurs fiançailles ont duré trois ans. Lui appartenait à une famille de la très bonne bourgeoisie catholique du XVIᵉ. Son père était un professeur de médecine éminent, connu internationalement. Il y avait même un Nobel dans la famille.

— Son fils ?

— Il était croyant lui aussi, pratiquant je ne crois

pas. Ma fille était agnostique, très réticente à l'égard de la religion. Elle pensait comme nous. Nous appartenons à un milieu très différent de celui des Dutheuil, beaucoup moins chic, mais avec des idées très arrêtées, nous aussi. Je dirais plutôt des convictions : celles de la gauche laïque, si vous voulez. Pour être étrangers, voire opposés à la religion, nous n'en avons pas moins une morale extrêmement stricte. Lorsqu'il était au gouvernement — vous savez ? —, mon beau-père ne recevait aucun hôte à déjeuner ou à dîner dans son ministère sans payer à sa propre administration le repas de l'invité. Vous vous rendez compte ? Quand on pense que le tartufe que nous avons aujourd'hui ne s'en va pas à New Delhi ou Singapour sans emmener dans son avion deux cents personnes qu'il régale tout au long du voyage ! On comprend que tous ces clients lui soient dévoués. Sans parler des prébendes diverses, des postes qu'il distribue à ses proches, des multiples faveurs accordées à ceux qui rampent devant lui. Trois choses l'intéressent : les femmes — c'est un véritable obsédé —, l'argent, les honneurs. Et avec tout cela, peut-être une quatrième, la plus importante : l'« image » qu'il va laisser de lui dans l'Histoire. Une image quelque peu retouchée, d'ailleurs. Je ne pense pas que le meurtre de mon gendre figurera dans les annales écrites à sa gloire.

Elle reprend son souffle.

— Vous me parliez de votre gendre, justement. Donc votre fille — au fait, comment s'appelle-t-elle ?

— Christine.

— Christine Nalié et Jean Dutheuil se marient très jeunes et, malgré la différence de leurs milieux familiaux, s'entendent très bien.

— Oui, à vrai dire, ils ont eu l'un sur l'autre une influence surprenante. À aucun moment l'antagonisme de leurs croyances ne s'est reproduit à l'intérieur de leur couple. Au contraire. Ma fille a accepté que ses enfants soient baptisés malgré, je ne dirais pas l'anticléricalisme de ses parents, mais enfin on n'en est pas loin. Quant à Jean, il est tout simplement entré au parti social. Mon mari et moi, nous n'en revenions pas.

— Il a suivi une carrière politique ?

— Non, enfin... pas au début. Il avait fait son droit, et il sortait d'une bonne école de commerce, sans appartenir pourtant au sérail.

— Au sérail ?

Elle rit.

— Le sérail, c'est une sorte de mafia composée d'énarques et d'anciens X. Il y a aussi quelques normaliens.

— Ces gens-là ont quelque chose en commun ?

— Ils ont en commun d'avoir renoncé à une recherche désintéressée pour des activités plus en vue, plus lucratives. On les trouve à la tête des grandes boîtes privées, des principales entreprises publiques et dans les cabinets ministériels. Ce sont eux qui dirigent la France. Il faut vous dire que, plus encore que l'argent, ce qu'ils veulent, c'est le pouvoir. D'ailleurs, vous le voyez bien, ils passent leur temps à s'entre-déchirer.

Mon gendre s'est intégré à ce groupe de requins tout-puissants, mais sans y appartenir vraiment, parcequ'il ne sortait d'aucune de ces grandes écoles. Ils l'ont admis à cause de son intelligence et de sa capacité à nouer de véritables relations avec tous ceux qu'il rencontrait. Il était ouvert, très drôle, sympathique et savait plaire. Dans ce milieu d'intrigues et de rivalités sourdes, c'est assez exceptionnel. Enfin, il connaissait tout le monde, il était invité partout.

— On parlait de sa carrière. Vous me disiez qu'il n'avait pas commencé par la politique.

— En effet. À la fin de ses études, il s'est occupé d'aménagement urbain. Je crois qu'il s'intéressait énormément à ce qu'il faisait, il était même capable de se passionner. Nous les voyions plus souvent à cette époque. Christine et lui menaient une vie très agitée et, quand ils n'avaient rien d'autre à faire, ils venaient dîner chez nous. Ils formaient un couple très uni. Lui avait un caractère de cochon et un cœur d'or. Il s'occupait de tout et aidait sa femme dans les besognes quotidiennes. Il adorait ses enfants, les faisait manger, les couchait, les langeait, leur racontait des histoires. Il s'investissait complètement dans sa vie de famille. C'était quelqu'un de très actif, comme je vous l'ai dit, mais surtout de très généreux. Il donnait beaucoup, même dans la conversation. Quand il expliquait quelque chose — et il expliquait des tas de choses — il s'assurait que vous aviez compris. Il n'hésitait pas à tout reprendre s'il le fallait.

À l'égard de sa femme, son rôle a été déterminant. Il l'a littéralement formée. Christine n'était pas précisément une « cérébrale ». Par nature et malgré nos efforts, elle se comportait comme une adolescente assez futile. Elle s'occupait de ses robes et de sa silhouette plutôt que de culture. Il l'a initiée, non pas de façon superficielle, pour lui donner un vernis, par snobisme. Ce qu'il voulait, c'était l'ouvrir à des expériences véritables, celles qu'il avait éprouvées lui-même, lui faire partager le plaisir que procure seule la contemplation des belles choses. Et ma fille a connu cela, elle a été transformée. Il l'emmenait à des tas d'expositions, à des concerts, à Bayreuth. Ils filaient en Italie dès qu'ils avaient un moment. Et chaque fois avec un objectif précis : le roman, le baroque. Mon mari était plein d'estime pour lui. Ma fille, surtout, l'admirait. Et comme, d'autre part, il la faisait rire tout le temps, elle ne pouvait se passer de sa présence. Les autres l'ennuyaient.

— Bon. Après l'aménagement urbain...

— Là, il s'est passé quelque chose. Grâce à une de ses relations sans doute, Jean a connu une promotion exceptionnelle. Il est entré dans une administration très importante et, qui plus est, à un poste élevé.

— Quelle administration ?

— Décidément, je perds la mémoire, j'ai oublié sa dénomination exacte. Mais c'est un organisme très connu, qui dépend directement du Premier ministre. Son rôle est considérable et s'étend à tout le pays. Attendez, les initiales exactes m'échappent... il s'agit d'une institution chargée de l'aménagement du territoire — oui, c'est ça — et réservée au sérail : n'y sont admis que des énarques et des polytechniciens. Mais Jean y est entré sans aucun de ces titres...

— À quel poste, disiez-vous ?

— Il a fait plusieurs choses successivement. À un moment donné, son rôle était d'attirer les investisseurs étrangers en France. Vous imaginez ? Par ce biais, il connaissait aussi beaucoup de gens à travers le monde. Ensuite, il s'est occupé, je crois... oui, de la restructuration industrielle, des zones sinistrées, enfin je ne sais pas. Mon mari avait lui-même un poste important. Et cependant il était comme moi : nous assistions émerveillés et vaguement inquiets à cette ascension fulgurante.

— Et votre fille ?

— Elle était ravie. Un jour, elle est arrivée en me disant : « Maman, il me faut un diadème pour ce soir. » Malgré leurs traitements confortables et qui auraient dû leur suffire largement, elle m'empruntait des tas de robes, des manteaux, des chaussures — nous avions la même taille. Ils sortaient tout le temps. Ils voyageaient partout... (elle baisse un peu la voix :) ... toujours invités, d'ailleurs.

— À quoi attribuez-vous cette réussite ?

— Je crois qu'à cette époque il s'est lié d'amitié avec un homme politique très haut placé... très proche du Président. Ce personnage est devenu, en quelque sorte, le patron de Jean. À partir de ce moment-là, mon gendre l'a suivi partout. Dans l'administration dont je vous parle, puis à la CAF, enfin dans un cabinet ministériel.

— Que désigne ce sigle ?

— La compagnie d'assurances dont il avait été nommé secrétaire général. Ces compagnies brassent énormément d'argent, investi le plus souvent dans l'immobilier. Et c'est ainsi que Jean a vraiment connu tout le Paris des affaires.

— Vous ne m'avez encore rien dit de son activité politique.

— Il est donc entré au parti social peu après avoir rencontré ma fille. J'aime autant vous dire que ce parti-là ne ressemblait guère à celui de mon beau-père ou de mon mari — à celui auquel j'avais moi-même adhéré dans ma jeunesse. Nous l'appelions la démocratie caviar ! Il y était question d'affaires plus que d'idéologie. Mon mari et moi, nous étions très heureux de la réussite de mon gendre — de ma fille aussi, d'ailleurs : elle occupait elle-même une fonction dans un cabinet ministériel. Et cependant nous étions un peu gênés devant tout ce luxe, ces fêtes et ces festins continuels.

Ce n'est pas — ça, il faut que je vous le dise —, ce n'est pas que j'aie pensé un seul instant que mon gendre ait pu être malhonnête, bien au contraire ! Jean était un être très droit et à sa manière très rigoureux, rigoriste. Mes enfants avaient de belles situations mais, s'ils vivaient dans le faste, ils n'étaient pas riches pour autant : ils dépensaient tout ce qu'ils gagnaient. Ils nous ont même emprunté de l'argent. Nos réticences tenaient plutôt à ces invitations qui se succédaient chaque semaine, chaque soir... Mais je suppose que tout le système de la haute administration fonctionne comme ça.

— Politiquement...

— Ah oui ! Outre ses activités professionnelles, il a continué à s'occuper de son parti. Un ministre ou sa femme — sa femme, je crois — avait fondé un club de réflexion et Jean y était entré, à la suite de son patron, naturellement. Dans ces réunions de gens très importants, on échangeait certainement des idées sur les grands problèmes de l'heure, comme on dit. J'imagine que c'était également un centre plus ou moins occulte de décisions et d'intrigues de toutes sortes. Là devaient se faire et se défaire les gouvernements, les carrières. C'est là aussi sans doute que, à force de côtoyer les éminences grises du régime — ou un de leurs clans —, mon gendre a reçu d'eux cette mission funeste...

Elle hésite. Elle me considère avec suspicion, comme si elle se demandait si l'individu qu'elle connaît depuis un peu plus d'une heure et avec lequel elle prend le thé dans un café crasseux — si cet individu-là peut devenir tout à coup le confident du secret le plus lourd.

Un silence interminable s'établit entre nous. Dehors, la nuit venait. C'était la fin du travail. Des clients minables avaient cherché refuge dans le café qu'éclairait maintenant un affreux néon. Affalés sur le bar, ils tutoyaient le garçon, se raclant la gorge, exagérant leur accent parigot, répétant ou commentant des histoires entendues la veille à la télé. Réunions étranges des bistrots de Paris, où chacun ne vient que pour fuir sa solitude. Encore un verre, pour rentrer chez soi le plus tard possible !

— Quelle était cette mission ?

Elle s'embarrasse un peu dans ses phrases :

— Eh bien, euh, je ne sais pas. Quelque chose comme le trésorier, le trésorier — comment vous dire ? — non officiel du parti.

Nous y voilà !

— Mais, ajoute-t-elle aussitôt, j'ignore tout de ces pratiques. Il devait s'agir de collecter des fonds pour les élections. Il faudrait que vous rencontriez quelqu'un qui soit plus au courant que moi...

— Votre fille !

— Ma fille ?

— Eh oui !

— Euh, je doute qu'elle accepte.

— Persuadez-la !

4

Quand je rentre chez moi après avoir été ballotté
pendant plus d'une heure dans les métros et autres
trains de banlieue surpeuplés, je m'affale sur le
divan et il me faut au moins un quart d'heure pour
récupérer. Parfois, il m'arrive de m'assoupir. C'est
ce qui a dû se produire.

— Une bonne femme a appelé pour toi.

Natacha surgit de la pièce voisine.

— Ah ? Quand ?

— Juste avant que tu rentres.

— Elle a dit son nom ?

— Marie. Tu connais des femmes, maintenant,
que tu appelles par leur prénom ? Qui c'est cette
Marie ?

Je me réveille tout à fait.

— C'est la belle-mère du type qui a été liquidé.

— L'affaire sur laquelle tu enquêtes ? Qu'est-ce
qu'elle te veut ?

— Attends, je vais le savoir.

Je rappelle.

— Michel...

La voix a quelque chose de victorieux.

— Ma fille accepte... C'est possible demain, vous passez ?

— Chez vous ? Non... à la station de taxis de la rue Soufflot. Merci.

Natacha est russe, enfin d'origine russe. C'est drôle, toutes les Russes s'appellent Natacha. Je me demande comment peut fonctionner un pays où toutes les femmes portent le même nom. Quelle confusion ! D'un autre côté, on peut imaginer que cette situation embrouillée présente certains avantages. Quand un type se met à rêver tout haut la nuit et susurre : « Natacha ma chérie », sa voisine de lit ne saurait s'en offusquer. Elle prend le compliment pour elle. Que de drames évités !

Peut-être, après tout, sommes-nous tous ainsi. Peut-être dans notre existence nocturne n'appelons-nous jamais qu'une seule femme.

Natacha et moi, nous vivons ensemble depuis bientôt deux ans. Je me souviens de notre rencontre. Je poursuivais ma rééducation sur l'une de ces immenses plages du Nord, absolument déserte à cette saison. Le vent balayait l'étendue des sables, soulevant une poussière qui vous bombardait comme de la mitraille, s'élevant parfois jusqu'aux yeux. Chaque matin, quittant la bourgade, j'admirais le même spectacle. La mer n'était qu'une bande étroite entre l'immensité de la plage et le ciel mouvant. Si loin qu'elle se fût retirée, son tumulte venait

jusqu'à moi, emplissant tout l'espace d'un grondement ininterrompu.

Je trottinais sur le sable, prenant appui sur ma
canne pour ménager ma jambe blessée. J'allais vers
le rivage, contournant ces grandes flaques d'eau que
la marée laisse en se retirant et que les gens du pays
appellent des bâches. Autour d'elles, le sol était plus
ferme et la progression plus facile. Alors je la voyais.
Ce n'était plus cette lame d'eau pâle aperçue de
loin et dont me parvenait seulement le tumulte
assourdissant. Sa masse énorme et déchiquetée me
surplombait. De tous les points de l'horizon accou-
raient les crêtes sans nombre des vagues. Aban-
donnant des paquets d'écume, elles se gonflaient,
disposant leurs architectures mouvante selon
d'immenses parallèles qui gardaient leur distance,
tandis qu'elles s'approchaient, menaçantes. De la
ligne du ciel à celle que traçait le long de la grève
l'écroulement phosphorescent de leurs colonnes
d'eau vive, tout avançait en même temps, tout venait
vers moi. C'était comme si, du fond de l'océan, une
puissance sans limite faisait jaillir le flot ininterrompu de ces houles de couleur et d'ombre qui bat-
taient le rivage. Mais derrière elles, sans fin, d'autres
se levaient, et d'autres encore, de telle sorte que ce
n'étaient pas ces formes sans cesse défaites et se
reformant toujours, avec leurs contours éphémères,
qui se précipitaient sur moi, c'était le mouvement
même de leur venue inlassable, c'était la puissance
dont il procédait qui voulait me prendre en elle et
m'engloutir dans sa joie.

Quand, hébété par la rafale, je n'en pouvais plus de supporter les coups du vent, je me réfugiais dans les dunes. C'est là que je l'avais aperçue la première fois, sorte de tas noir posé de façon insolite au milieu des sables. Je l'avais prise de loin pour un tonneau de goudron projeté par la mer, puis pour un tronc d'arbre noirci et couvert d'algues, semblable à quelque animal mystérieux. Une très jeune femme était occupée à lire, indifférente à tout ce qui l'entourait. Je me figurais depuis toujours que la lecture se fait dans un lieu silencieux et isolé — comme, sur les tableaux hollandais, on voit la liseuse de Janssen ou la mère de Rembrandt, la main posée sur le Grand Livre, le regard perdu au loin, méditer dans la lumière déclinante d'un dimanche après-midi qui ne finira jamais.

Mais non : elle lisait au milieu de la bourrasque, les yeux protégés par des lunettes sombres des grains de sable que les oyats étaient impuissants à fixer. Je m'étais installé à l'abri d'un monticule qui faisait face à celui sous lequel elle avait pris place. Je jetai un regard circulaire : nous étions seuls au milieu de cette immensité abandonnée aux éléments. Je savourais cet instant. J'aurais voulu pouvoir lui dire, moi aussi : « Arrête-toi, tu es si beau ! »

Quand elle marqua une pause, je m'approchai.

— Je vous admire : comment faites-vous pour vous concentrer dans cette tempête ? J'ai l'impression de me dissoudre dans sa fureur.

— C'est que, dit-elle lentement, je lis un livre qui concerne ma maladie.

— Vous êtes ici dans un centre de repos... comme moi ?

— Vous êtes malade, vous aussi ?

— Oh... malade, c'est beaucoup dire. J'ai été blessé à la jambe, je suis ici pour une rééducation fonctionnelle, rien de bien méchant.

Elle sourit.

— C'est vrai, les maladies du corps, quand elles ne sont pas mortelles, sont peu de chose. Celles de l'âme — je ne sais si elle avait prononcé ce mot avec ironie —, c'est plus ennuyeux. On tourne en rond, on n'arrive pas à en sortir.

Je n'osai la questionner plus avant. Puis je m'enhardis :

— Pourquoi ne guérirait-on pas aussi des maladies de l'âme ? Comme elles coïncident avec nous, d'une certaine manière, notre pouvoir est plus grand.

— Je me disais cela aussi mais... contre la dépression, il n'y a rien à faire. Elle se nourrit d'elle-même et renaît sans cesse. Même les autres n'y peuvent rien.

— Vous suivez une psychanalyse ?

— Je l'ai interrompue quelques semaines pour venir me reposer ici. Ça n'allait plus du tout...

Elle a retiré ses lunettes. Elle a d'immenses yeux sur des pommettes assez marquées. C'est à ce moment-là que j'ai pensé qu'elle venait de Russie, ou de plus loin. Comme je garde le silence, elle me regarde avec anxiété.

— Vous ne croyez pas à ces traitements ?

— Je suis moi-même psychanalyste, mais je n'exerce pas ce métier.

— Et pourquoi ?

— Chaque homme est un psychanalyste mais il n'est susceptible de soigner qu'une seule personne. Pour cette raison, il doit attendre de rencontrer l'être unique qu'il a le don de guérir pour déployer son pouvoir. Alors son action est foudroyante, le patient est immédiatement sauvé.

Elle éclate de rire, tout en me regardant de travers.

— Vous alors !

— La preuve, c'est que les autres, ceux qui analysent tout le monde et n'importe qui, eh bien ! ils ne guérissent jamais personne. En un sens, ça les arrange. La source de leurs revenus ne tarit jamais. Mais quel piètre résultat ! Ou, pour mieux dire : quelle escroquerie !

— Vous exagérez.

— Non. Ils ont même inventé de transformer chacun de leurs malades en un psychanalyste futur. En conséquence, il a besoin d'une psychanalyse supplémentaire — didactique —, ce qui remet ça pour dix nouvelles années !

Je l'observe, tandis qu'elle pince légèrement les lèvres.

— Le résultat, c'est une société assez particulière. Les malades sont devenus les soignants ou, si vous préférez, les soignants sont tous des malades. Un monde extrêmement dangereux... Je vois que, vous aussi, vous aimez la lecture. Vous avez lu Nietzsche peut-être ?

Elle fait signe que non.

— Eh bien, Nietzsche a compris que les malades sont contagieux, lors même qu'ils sont devenus des médecins ou se font passer pour tels ! Il faut les fuir à tout prix, ils contaminent tous ceux qui les approchent. Leur maladie se répand partout. Ils vont anéantir le monde !

Elle s'esclaffe de nouveau.

— Et quelle est votre méthode à vous pour guérir pour de bon ?

— Je vous l'ai dit : attendre de rencontrer l'unique personne pour laquelle je détiens ce pouvoir et qui sera délivrée de son mal à mon seul contact.

Elle continue à rire.

— Et vous l'avez rencontrée ?

Comme ceux d'un chat sous une lumière trop vive, ses yeux que je fixe sans ciller se réduisent à une fente.

— Je vous guérirai.

Elle semble tout à coup pleine d'énergie.

— Quel baratineur ! Au fait, poursuit-elle, pourquoi ne vous guérissez-vous pas vous-même ? Votre jambe...

— Impossible : ce n'est pas une maladie, un simple accident.

— Ah ! Et comment ça vous est arrivé ?

— En faisant du tourisme. Du saut en parachute. Je sautais, en dessous il y avait des types qui s'exerçaient au tir à la carabine. J'ai pris une balle dans la cuisse. Un maladroit. Il n'y a que les maladroits qui atteignent la cible.

C'est moi qui ris. Je me penche vers elle.

— Écoutez, je vais vous raconter une histoire. Il y a pas mal d'années, j'étais sur cette plage — un peu plus loin. Nous étions une bande de copains, des adolescents. Il y en avait un — on l'appelait Georget — qui avait un fusil. Il tirait des mouettes avec l'intention de les manger, parce que, disait-il, si on les fait cuire assez longtemps, c'est délicieux. Ça n'a pas été élevé aux aliments artificiels. Heureusement pour ces gentilles bêtes, il les ratait toujours. Sauf une fois. Il était parti sur le bateau de ses parents, par une mer très agitée. Du rivage, nous suivions ses évolutions grotesques. Le bateau secoué dans tous les sens et, debout à l'avant, Georget, titubant comme un homme ivre, son fusil allant de droite et de gauche, les mouettes zigzaguant dans le vent à toute vitesse. Il tire et en tue une. Quelle série de hasards incroyables avait fait se rejoindre deux trajectoires indépendantes ? Nous étions morts de rire. Et il est revenu vers nous avec sa mouette comme s'il s'agissait d'une réussite tout à fait habituelle. Quand je me suis écrasé sur la terre de ce putain de pays, au milieu des types qui continuaient à me canarder de partout, j'ai pensé à mon Georget. J'en rigolais encore.

— Ils ne vous ont plus atteint ?

— Non, ils me visaient, alors ils tiraient à côté.

La marée revenait. Le vent redoublait. Le soleil

avait disparu derrière des nuages d'encre. Nous nous levâmes en même temps.

Sur le chemin du retour, j'accentuai ma claudication. Elle se crut obligée de me proposer son aide. C'est extraordinaire la chaleur d'un corps quand autour de vous le monde se fait plus dur, revêche, menaçant. Je m'appuyais sur elle un peu plus qu'il ne fallait et jouissais silencieusement de son embarras. Dès cet instant, j'avais compris ceci : plus je jouerais au blessé et au malade, plus rapidement elle se remettrait de sa dépression.

La guérison, à vrai dire, fut foudroyante. Le matin, j'entendais Natacha fredonner dans la salle d'eau. La chanson ne s'interrompait que si elle se brossait les dents. Elle n'a plus revu sa psychanalyste, malgré les rappels de celle-ci, laquelle prétendait qu'il était extrêmement dangereux d'interrompre une analyse avant son achèvement. Achèvement qui, comme on le sait, n'a jamais lieu. Natacha s'amusait comme une folle. Ainsi fut clos le grand débat thérapeutique du xxe siècle, dans le rire de cette fille que je me suis mis à aimer quand j'ai compris qu'elle était la vie.

5

Tous les jours nous nous retrouvions sur la plage.
Si le vent faiblissait, nous entreprenions une de
ces longues promenades qui nous conduisaient
jusqu'au point extrême où la mer se retirait à ce
moment-là. Puis nous suivions le rivage vers un horizon inaccessible. Un cap parfois coupait la plage.
Le sable disparu, il fallait escalader des rochers et
Natacha était sans défense devant ma main qui
s'accrochait à son bras, le poids de mon épaule,
voire de mon corps tout entier, lorsque je simulais
une chute. Parfois je m'écorchais pour de bon. Elle
lavait la plaie à l'eau de mer, l'entourait de son fou-
lard malgré mes protestations.

— Regagnons la plage, faisait-elle impérative-
ment.

Je dissimulais derrière un sourire une douleur
supposée, alors qu'elle me jetait de côté un regard
méfiant.

Quand la tempête se levait de nouveau — on
l'entendait accourir au-dessus des vagues furieuses

avant de la recevoir en pleine figure —, nous allions nous cacher dans le creux des dunes, fermant les yeux avec délices, tandis que le vent hurlait au-dessus de nous sans nous toucher. Ne serait-ce que pour percevoir le son de nos voix, pour mieux nous protéger aussi des éléments, nous nous rapprochions insensiblement. C'était comme si une maison imaginaire, un de ces édifices abstraits qui isolent les personnages sacrés dans les retables mystiques, nous prenait sous sa protection.

— Pourquoi donc êtes-vous si déprimée ?

— Oh, c'est une longue histoire...

— Je suis indiscret ?

— Non... voilà, j'étais danseuse, enfin je voulais le devenir. J'étais très jeune quand j'ai commencé : petit rat à l'Opéra. Les gens prononcent ces mots avec une indulgence amusée. S'ils savaient ce que ça signifie ! Un travail de galérien. Dix-douze heures par jour. Des efforts à vous démolir. Non seulement le rythme est infernal, mais il faut sans cesse aller au-delà de ses possibilités. C'est ça qui est très dangereux, très mauvais pour la santé. Soumis à des tensions excessives, les cartilages commencent à se dégrader. Celles qui font ce métier jusqu'à quarante ans, elles sont complètement déglinguées, elles sont foutues.

Vous comprenez, reprit-elle, demander au corps ce qu'il ne peut pas faire, exiger toujours trop, ce n'est pas naturel.

— Vous avez passé le seuil de la fatigue lui dis-je.

C'est pour cette raison que votre moral est atteint et que...

— Non, j'ai tenu le coup. Dès ce moment, j'avais compris qu'il fallait essayer de compenser, de rendre au corps les substances qu'on lui avait extorquées indûment. J'avais une alimentation très saine, composée de produits naturels...

— Du riz complet...

— Pas seulement du riz complet !

— De la levure de bière.

— Riez ! Vous n'avez aucune idée de l'ambiance. Ce n'était pas seulement les prouesses athlétiques, les exercices toujours plus longs, toujours plus rapides, la jambe toujours plus haut, les pointes ! Il fallait faire mieux que la voisine, que toutes les voisines, être la meilleure. La compétition, la compétition acharnée ! Toutes les amitiés se défont. Il n'y a plus place que pour des rivalités. Chacune se réjouit de la faute de la copine. C'est terrible. Les répétitrices sont d'une dureté inimaginable. La plupart d'entre elles n'ont pas réussi. De toute façon, elles sont vieilles, vous êtes jeune. Alors elles se vengent inconsciemment. Vexations, remarques désagréables. Tout y passe. Tout ce qui peut vous décourager, on vous le fiche à la figure ! Bref...

— Mais c'est fini tout ça. Vous avez quitté ce métier ?

— C'est plutôt lui qui m'a quittée.

— En tout cas, c'est bien d'être sortie de cet enfer. Non ?

Elle reste songeuse.

— C'est que, voyez-vous, dans cet enfer, comme vous dites, j'ai fini par réussir. Je me suis retrouvée parmi les meilleures. Et puis j'ai été la meilleure. Après m'être accrochée pendant des mois, des années. Au bout de ces tentatives acharnées, il s'est passé quelque chose d'extraordinaire. Je me suis sentie transformée. Au lieu d'être toujours dépassée par les tâches trop difficiles, toujours gauche, toujours en retard, je suis parvenue à dominer tout cela. J'accomplissais les mouvements spontanément, d'un coup, je les vivais de l'intérieur, je me laissais glisser en eux, je coïncidais avec une force qui grandissait en moi et semblait me porter. Ça coulait du dedans, j'avais comme un surplus, une réserve. Je devais me retenir. Je rebondissais. Tout ce qui était difficile était devenu facile. Tout ce qui était pénible était devenu une joie. La fatigue était comme une eau fraîche. Et c'est vrai, ma peau était perlée de gouttes de rosée. J'étais comme lavée. Tout était simple. Tout me réussissait.

C'est alors que sont venus les propositions puis les contrats mirobolants. Pas seulement à Paris. Des Américains se sont déplacés pour me voir, avec des paquets de dollars. Je commençais une carrière internationale. Je me surpassais, je vivais, j'étais vivante !

Et puis le drame est arrivé, il a fondu sur moi. J'ai été assommée, anéantie. Ma force est partie d'un coup. Comme j'avais tout investi là-dedans, renonçant aux sorties, au plaisir, à l'amitié, à l'amour, comme je n'étais plus qu'une étoile montante, une superstar déjà, ce monde insensé que j'avais construit avec mon corps et ma sueur s'est effondré. J'ai tout perdu. Je n'étais plus rien — pas seulement anéantie mais, comme le rêve durait toujours, désespérée.

— Qu'est-ce qui vous est arrivé ?

— Un accident stupide...

Quelques larmes coulèrent sur ses joues creuses. Un instant, je découvris un visage qui serait le sien lorsqu'elle serait vieille.

— Un jour, après une répétition qui avait marché au quart de poil, je me sentais épuisée mais heureuse. Il y avait des imprésarios au fond de la salle. Après leur départ, je me suis aperçue que j'avais oublié une écharpe sur la scène. Dans un état second, je suis revenue la chercher. J'avais enlevé mes ballerines mouillées de sueur. Des électriciens étaient passés entre-temps et ils avaient laissé au beau milieu un seau de peinture avec un flacon brisé de dissolvant, je crois. Comme il faisait sombre, je n'ai rien vu. J'ai marché dans le bassin, sur les tessons de bouteille, je suis tombée, j'avais des éclats de verre partout. Je suis rentrée chez moi comme j'ai pu et, après m'être lavé le pied sans autre précaution, je me suis couchée et endormie.

Les jours suivants, le malheur s'est révélé peu à peu. Mes plaies me faisaient souffrir, mais la douleur n'était rien. Gonflant mon pied et puis ma jambe, une infection gagnait inexorablement. Peu à peu, mes muscles se trouvèrent paralysés et l'infection montait toujours. Les médecins n'y comprenaient rien. Ils m'ont administré toutes sortes de piqûres, des antibiotiques, aucun résultat. Finalement, on a décidé de m'hospitaliser et, comme à l'hôpital la situation, au lieu de s'améliorer, empirait toujours, les filles dont je pensais tant de mal, les maîtresses de ballet et la patronne elle-même se sont cotisées. Elles avaient décidé de m'envoyer à l'Hôpital américain parce que, si une intervention pouvait encore me sauver, c'était là qu'elle aurait lieu.

C'est une des choses qui m'ont frappée durant cette succession de cauchemars. Au cours de ma brève ascension, l'hostilité de tous ces gens en compétition les uns avec les autres n'avait fait que se durcir ; je voyais les sourires autour de moi se figer, les rares paroles de félicitations que j'entendais sonnaient faux. Lorsque par hasard je saisissais quelques miettes d'une conversation me concernant, c'était toujours : c'est complètement surfait ; ou encore : c'est un feu de paille, elle n'ira pas loin, et autres remarques du même genre. Du moment où je tombai malade, au contraire, et quand il apparut que le mal était sans remède, mes relations aux autres, ou plutôt les relations qu'ils avaient avec moi, changèrent du tout au tout. Jamais je n'avais rencontré pareille sollicitude. Et ce n'était pas seulement des mots, c'étaient des actes, des sacrifices, de l'argent. Est-ce que notre bonheur rend les autres méchants, est-ce que notre malheur leur fait tant de bien ? Toujours est-il qu'ils m'ont aidée de toute leurs forces, au point que les formes multiples

que prit cette aide semblaient leur donner une énergie nouvelle.

À l'Hôpital américain, j'ai été très bien accueillie.
Les grands médecins sont venus et puis le chirur-
gien en chef. Examens multiples, soins, encourage-
ments, sourires. Le diagnostic aussi est arrivé :
amputation urgente de la jambe infectée, au niveau
de l'aine : là.

Natacha s'est levée : de la main, elle marque la
place.

— Vous vous rendez compte ?

Je me lève aussi. Nous nous apercevons que la
tempête faiblit.

— Venez, me dit-elle.

Elle se dirige vers la plage. Après le sable fin où,
livré à moi-même, je chemine avec peine, voici enfin
le sol plus dur. Malgré tout, j'ai du mal à la suivre.
Elle me fait signe de rester là où je suis et, contournant une flaque assez étroite, va se placer de l'autre
côté, en face de moi.

La couverture de nuages s'est disloquée. À travers
les nuées qui passent au-dessus de nous, on distingue des plaques de ciel clair. Sur le sol, des traînées
de lumière se déplacent à toute vitesse. L'une d'elles
prend Natacha dans son rayon.

C'est l'instant où, se tenant sur une pointe, elle
jette l'autre jambe en l'air, à la verticale — droite
parfaite, trait fulgurant unissant la terre au ciel. Et
puis elle la ramène lentement de côté, la joint à
l'autre, les deux pointes sur le sol absolument fixes.
Elle fait un saut, un grand jeté peut-être, tourne sur

elle-même comme une toupie, traverse la mare en courant et vient se jeter contre moi.

— C'est la jambe qu'ils voulaient me couper !

Elle s'écarte aussitôt, tandis que je contemple ses chaussures et son jean trempés.

— Bon, lui dis-je, il faut aller sécher tout ça.

Elle recommence ses grands jetés, ses sauts et ses tours.

— N'est-ce pas extraordinaire, n'est-ce pas extraordinaire !

De retour dans nos dunes où elle a défait chaussures, chaussettes et retourné le bas de son pantalon, je lui tends mes propres affaires qu'elle refuse obstinément. Nous essayons de sécher les siennes en les frottant dans le sable.

— Qu'avez-vous répondu aux médecins ?

— J'ai refusé. Et ils disaient que j'allais mourir si on n'opérait pas tout de suite. J'ai quitté l'hôpital. Je suis retournée dans la chambre que je partageais depuis mon arrivée à Paris avec une Africaine. Il s'agissait surtout, jusque-là, d'une association économique. Quand elle m'a vue dans cet état, elle s'est conduite comme ma mère. Au lieu de me persuader de me faire amputer, elle a fait venir de son pays des médicaments mystérieux, elle m'a nourrie avec des produits naturels, monsieur ! Tout ça avec son maigre argent.

Pendant des mois, je me suis traînée littéralement, traînée sans pouvoir me mettre debout. Pendant des mois, j'ai absorbé ses potions. Pendant des mois, ma jambe est restée prise. Les autres filles venaient aussi avec des yaourts, des céréales... Mon Africaine me faisait des applications d'herbes broyées. Je prenais des médicaments homéopathiques aussi, et même des remèdes chinois qu'une de nos copines achetait dans son quartier. Toutes les médecines insolites y sont passées. Tout doucement, ma jambe s'est remise à fonctionner. Et puis elle a guéri pour de bon. Vous avez vu ? À la place d'une béquille, hein ?

— C'est merveilleux, fis-je sincèrement. Mais alors... vous êtes définitivement guérie ?

— Hélas ! Quand ma jambe a été guérie, c'est moi qui suis tombée malade.

— Pourtant, cette jambe... au lieu d'être infirme !

— Elle ne me servait plus à rien. Marcher, quand on voulait danser ! Ma vie n'avait plus aucun sens. J'avais eu tort sans doute de tout miser sur ce projet de devenir une grande danseuse. Ce n'était pas seulement pour moi, mais, vous comprenez, rencontrer des créateurs, partager leurs problèmes, en discuter avec eux, prendre des risques, mener une vie exaltante au lieu de cette existence imbécile qui ne va nulle part.

— Ne pouvez-vous pas vous remettre à la danse ?

— Oh non ! C'est impossible. Il me reste des séquelles. Je n'arrive pas à lever cette jambe aussi haut que l'autre ni aussi vite. Et puis il y a une question de rythme ; quand on a quitté le top, c'est impossible d'y revenir. Je n'en ai plus aucune envie, d'ailleurs. C'est comme si tout cela appartenait à un passé très ancien dont me séparent plusieurs existences. C'est comme si ce n'était pas à moi que tout cela est arrivé. C'est comme si j'étais très vieille et que je regardais tout ce qui concerne la vie avec indifférence.

— Que faites-vous maintenant ?

— Parlons-en ! Une copine...

— Vous en avez, des copines !

— C'est vrai ; depuis que je suis dans la mouise, je vous l'ai dit. Une amie, donc, m'a dégotté un boulot. Un truc lamentable d'ailleurs...

— Et ça consiste ?

— Elle est la petite amie d'un prof de l'IRS, alors elle m'a fait entrer comme secrétaire. Mais comme je n'ai aucun titre...

— L'IRS ?

— L'Institut de recherches supérieures.

— Qu'est-ce qu'ils recherchent ?

— Je ne sais pas. Eux non plus. Il y en a un qui est un peu moins bête que les autres et qui m'a dit un jour : Si on savait ce qu'on cherche, n'est-ce pas, on n'aurait plus besoin de le chercher.

— Si je comprends bien, vos chercheurs de l'IRS, ils ne foutent pas grand-chose.

— Absolument rien.

— C'est intéressant, ça. Vous-même qui êtes leur secrétaire, vous n'avez rien à faire non plus, dans ces conditions. C'est la vie de château.

— Ne croyez pas ça ! Ces messieurs voyagent. Congrès par-ci, colloques par-là. Sans parler des réunions : il y en a toute la journée. Réunions syndicales, commissions de toutes sortes, de spécialistes, de non-spécialistes, commissions pour établir les programmes, pour réclamer les crédits, les répartir, commissions de recrutement. Nous passons notre temps dans les agences de voyages à retenir des billets, à en prendre d'autres. On fait la queue pendant des heures dans les ambassades pour les visas. Nous tenons les agendas pour noter les rendez-vous, les déplacer, en prévoir d'autres. Le téléphone sonne toutes les trente secondes. Toutes les deux minutes, un ahuri qui est dans la maison depuis vingt ans vous demande où sont les toilettes ou l'ascenseur. Le soir on est vidé. Et pas une idée, pas une remarque intéressante. Uniquement des petits détails matériels, tous plus insignifiants les uns que les autres.

— Vous avez parlé de recrutement. Ça m'intéresse. Comment on entre dans cette boutique ?

— Par cooptation.

— Et comment on est coopté ?

— Ça dépend des coups de téléphone de la présidence.

— De la présidence de l'IRS ?

— Non !... de la République. Ou alors du ministère. Il y a des gens du ministère, des chefs de cabinet, etc., qui défilent toute la journée.

— Vous voulez dire que c'est complètement politisé ?

— Ils sont tous membres du parti social. Toutes les décisions importantes procèdent d'une hiérarchie secrète. C'est comme ça qu'ils ont des tas de crédits. Nous, on joue les imbéciles, on fait semblant de ne rien voir et de ne rien comprendre.

— Vos collègues de bureau, comment sont-elles ?

— Elles sont comme moi, elles subissent. Elles attendent la fin de la journée. À vrai dire, il y en a de deux sortes. Celles qui vivent avec quelqu'un. Pour celles-là, l'attente a encore un sens. Elles attendent le moment de ficher le camp et de le retrouver. Et puis il y a les autres, les divorcées, les vieilles. Celles-là, elles sont enfoncées dans leurs pensées, elles n'attendent rien.

— Dites donc, vous devez avoir les pieds glacés. Vous allez courir jusqu'à la mer en évitant de vous tremper de nouveau et on va rentrer.

Je vois sa silhouette diminuer avec une rapidité stupéfiante. Elle court avec d'immenses foulées et parfois ce sont de véritables bonds. Je distingue, se déplaçant tout là-bas comme un trait noir sur la frange écumeuse du rivage, ce qui reste d'elle dans l'immensité de l'espace. Et puis le point grossit à nouveau. Elle accourt à toutes jambes et s'effondre à bout de souffle dans les bras que je lui tends. Et comme la première fois, elle s'écarte tout aussitôt, rouge de son effort, et elle me sourit.

Le congé de Natacha se termine un peu avant le mien. Mais je lui propose de rentrer avec elle.

— Où allez-vous à Paris ?

— Euh... je ne sais pas encore.

— Vous n'avez pas de logement ?

— Je rentre directement d'Afrique.

— Pas d'amis ?

— Non. Enfin, je ne sais plus où ils sont.

C'est notre dernière promenade, un peu triste. On quitte difficilement cet endroit, le hurlement ininterrompu de ses mers, l'immensité de ses plages où rien n'arrête le regard.

— Bon, dit Natacha, vous venez chez moi. Mais en tout bien tout honneur, n'est-ce pas ?

Le bien et l'honneur ont duré quarante-huit heures, ce qui est beaucoup si l'on tient compte des circonstances. Elle n'avait qu'un lit et je couchais par terre dans mon sac de couchage de guerrier — spectacle difficile à supporter pour une âme meurtrie comme celle de Natacha.

— D'ailleurs, lui expliquai-je, où est le bien, où est l'honneur ? N'ont-ils pas pour demeure cette force invincible qui nous a jetés l'un contre l'autre, sur cette plage où elle se déchaînait ?

6

Natacha était partie sans me réveiller. Dans ces cas-là, elle me laisse un petit mot sur la table de la cuisine. Je lis :

« Je t'ai fait un jus d'orange, au fridge. Tu as le reste du gâteau aux poires, des toasts dans la serviette. Je t'adore. »

Sa théorie est qu'il faut manger beaucoup le matin, surtout quand on mène une vie de fou comme moi. Aujourd'hui, il y a aussi le menu du déjeuner. Je ne pars qu'au début de l'après-midi.

C'est une journée d'hiver comme je les aime. Temps immobile, cette lumière pâle, si fragile, même si elle semble devoir durer toujours. On sent à peine le soleil.

Je les vois arriver, la mère et la fille, enfoncées dans des manteaux de fourrure adaptés au quartier. La fille est très jolie. Je leur propose d'aller s'asseoir au Luxembourg, malgré le froid. Nous contournons la pièce d'eau et choisissons un banc exposé au soleil. Je me place entre les deux femmes. Rompre tout de suite le silence afin d'éviter toute gêne, c'est ma façon de procéder.

— Je vous remercie d'être venue. Pardonnez-moi d'évoquer des souvenirs pénibles. Votre mère m'a dit que vous acceptiez de répondre à mes questions...

— Je veux bien mais — ma mère vous l'a dit aussi — je pense qu'il est inutile de revenir sur ces événements. J'ai d'excellents amis. Nous avons parlé longuement. Tous m'ont conseillé... c'est affreux, je le sais...

— Que vous ont-ils conseillé ?

— De ne pas porter plainte. C'est vrai, il s'agit d'un crime, et d'un crime qui nous atteint directement, moi et mes enfants. Mais... je dois songer à eux, justement. À la sortie de la messe d'enterrement de Jean, un de ses camarades de classe m'a prise à part : « Ne faites rien, c'est un crime politique, une affaire très grave, une affaire d'État. Ne bougez pas. Je viendrai vous voir demain. » Le lendemain, sa femme l'accompagnait. Leur affection pour nous est réelle et, politiquement, ils sont de l'autre bord. Vous voyez, leur avis ne pouvait être suspecté.

Elle marque une pause et se tourne lentement vers moi.

— Ma mère m'a assuré que nous pouvions avoir confiance en vous. Cet ami est chargé de la lutte contre le terrorisme. Avec sa femme, ils mènent une existence épouvantable. Ils se cachent sous de faux noms, munis de faux papiers, séparés de leurs enfants. Ils sont astreints à changer constamment de domicile. Ils m'ont dit : « Vous allez être obligés de vivre comme nous, dans une terreur continuelle, dans l'angoisse. Il est impossible de supporter cette clandestinité très longtemps. Vos enfants seront menacés, vous aussi. Vous savez, un tueur, ça ne coûte pas bien cher aujourd'hui. »

Le soleil nous effleure. Dans le silence de l'hiver, les bruits ont une résonance brève et sèche. Des enfants jouent non loin de nous, leur ballon vient se prendre dans nos jambes. Nous le repoussons vers eux, comme des somnambules.

— Vous n'avez pas porté plainte ?

— Non.

— Donc, il n'y a pas eu d'enquête... pas d'autopsie.

Son visage est très dur, sa voix aussi :

— Vous me trouvez lâche, peut-être ?

— Pas du tout.

— Si j'avais été seule... mais avec des enfants... ils sont déjà assez traumatisés par la mort brutale de leur père !

Je fixe le jet d'eau qui ne cesse de bondir ; ses reflets et ses éclats s'éparpillent sur la surface à peine troublée. À côté de moi, je sens qu'elle respire difficilement.

Elle reprend avec cette voix qu'ont les femmes peu avant de se mettre à pleurer :

— Comme je vous l'ai dit, j'ai consulté beaucoup d'amis, mes parents. De tous côtés, c'était la même réponse : dans ce genre d'affaire, une enquête n'aurait aucune chance d'aboutir. Il faut sauver ce qui peut l'être.

Je lui parle très doucement :

— Vous avez eu raison de ne pas porter plainte.

Elle me regarde, étonnée.

— Vous pensez cela vraiment, vous aussi ? En ce cas, pourquoi désirez-vous me questionner ?

— C'est maintenant qu'il faut agir.

— Agir ? On me répète : Ne faites rien, absolument rien. Toute démarche se retournerait contre vous.

— Mais... vous ne voyez pas ce qui se passe, vous ne voyez pas ce qu'ils sont en train de faire ? *Ils sont en train de tuer votre mari une seconde fois !*

— Que voulez-vous dire ?

— Votre mari a été assassiné. On déguise ce meurtre délibéré en suicide. Mourir assassiné ou se suicider, ce n'est pas la même chose, n'est-ce pas ? Le suicide a mauvaise réputation. Si vous vous tuez, c'est que vous êtes pris dans une situation inextricable, sans issue — dans une situation à laquelle vous n'avez ni la force ni le courage de faire face. Il s'agit d'un acte de faiblesse ou de lâcheté. Il s'agit d'une fuite. Bien que nous ne soyons plus au temps où le fait d'attenter à ses jours était un acte condamné sans appel par l'église — au point que les suicidés n'avaient pas droit à la sépulture religieuse —, la connotation du suicide reste très péjorative. Dans le milieu où évoluait votre mari, milieu d'argent et d'affaires autant que politique, le suicide soulève l'idée d'irrégularités, de malversations, de malhonnêteté — un déshonneur. Tandis que quelqu'un qu'on assassine, quelles que soient les causes de cet assassinat, c'est d'abord une victime, frappée à l'improviste. La lâcheté ici est du côté des agresseurs, la malhonnêteté et le déshonneur aussi.

Elle pleure doucement. Le bruit de ses sanglots étouffés se mêle à celui du jet d'eau dont la voix grêle continue de s'élever, imperturbable.

— Vous parlez de vos enfants. Vous imaginez ce que signifie pour eux d'avoir un père qui s'est suicidé ? Durant toute leur vie, et quand ils seront devenus adultes plus que jamais, ce sera un poids très lourd à porter. Avoir un père qui a été assassiné, ce n'est pas rien non plus — mais quelle différence ! Avec une victime, tous les liens de confiance et d'amour peuvent être maintenus intacts, voire exaltés. L'image d'un suicidé...

Elle continue de pleurer. Je pose ma main sur son épaule.

— Il commence à faire vraiment froid. On va se réchauffer. Venez avec moi.

Sa mère se lève en même temps que nous et nous quitte sous un vague prétexte. Je comprends qu'elle veut laisser sa fille libre de ses décisions.

Christine Dutheuil me suit, tandis que je m'efforce de trouver un café convenable. Avec sa mère, il était possible d'entrer dans le premier bistrot venu. Avec celle-là, qui est habituée aux palaces, il vaut mieux un endroit plus recherché. J'aperçois enfin un hôtel pour Américains. Nous cheminons jusqu'au bar, désert. Fauteuils profonds, espace, silence. Un serveur s'approche.

— Voici ce qu'il convient de faire, je crois.

Elle s'est reprise, remet en place sa coiffure, s'essuie discrètement le coin des yeux.

— Eh bien ?

— Établir la vérité. Non pas la clamer sur les toits, exiger l'ouverture d'une enquête, aller voir des avocats, alerter des journalistes, mais au contraire : consigner cette vérité dans un mémoire confidentiel. Vous en déposerez un exemplaire chez votre notaire, un autre dans votre coffre. Vous en confierez deux ou trois à des personnes absolument sûres. Plus tard, vos enfants échapperont à l'insupportable énigme. Dès maintenant, peut-être... quel âge ont-ils, au fait ?

— Bien, dit-elle. Mais comment établir la vérité ?

— Vous allez me dire tout ce que vous savez.

Je sors mon carnet.

— Rassurez-vous, je m'engage à n'inscrire sur le mémoire final que ce qui aura votre approbation. Le travail achevé, tous les exemplaires vous seront remis. Quant au rapport destiné à mon agence, il sera sans doute très bref. Je vous le soumettrai également avant de le communiquer au directeur. Nous sommes d'accord ?

Feignant de prendre son silence pour un acquiescement, je poursuis :

— Je voudrais savoir d'abord si vous aviez pressenti de quelque façon ce qui allait arriver.

Aviez-vous perçu l'indice d'un danger menaçant votre mari ?

— Absolument pas. La surprise a été totale.

— Racontez-moi ce qui s'est passé le jour du crime et les jours qui ont suivi.

— Le jour du crime, c'était un mardi... le mardi 24 novembre. J'ai quitté la maison avant mon mari. Il devait se rendre peu après à une réunion de la CAF.

— C'est là qu'un coup de téléphone l'a amené à quitter cette réunion...

— C'est cela. Moi-même, alors que je me trouvais à mon bureau, j'ai reçu en fin de matinée un appel de sa secrétaire me prévenant qu'il rentrerait tard. C'est pourquoi je ne me suis pas inquiétée. La nuit, je me suis réveillée, il n'était toujours pas là. Le matin non plus. J'étais très soucieuse. Mon fils aîné avait un examen ce jour-là. Je n'ai pas voulu le troubler et j'ai fait comme si cette absence était prévue. J'ai gagné mon bureau au ministère. J'étais de plus en plus angoissée. Ma fille Claire, légèrement souffrante, devait rester à la maison. L'après-midi — c'était donc l'après-midi du mercredi 25 —, je l'appelle pour m'assurer qu'elle allait bien. Et aussi pour savoir si par hasard son père était rentré. Elle m'apprend alors qu'elle vient de recevoir un coup de téléphone d'un inspecteur de police de Noulhans désirant parler à Mme Dutheuil. Il a demandé à ma fille si ses parents vivaient en bons termes !

Du ministère, je rappelle immédiatement l'inspecteur qui avait laissé son numéro. Il me dit :

« Votre mari est mort. Je ne peux vous indiquer les circonstances. Il faut que vous veniez à Noulhans le plus tôt possible », et il raccroche.

Je fais intervenir le cabinet. On me repasse le même inspecteur. Cette fois, il dit : « Votre mari s'est suicidé. »

J'étais affolée, complètement sous le choc. Je téléphone à l'un des amis de Jean, le préfet Paul Saugard. Il a été lui-même attaché de cabinet dans un autre ministère. Il me dit de rester calme. Il va se renseigner et me tenir au courant.

J'attends seule dans mon bureau. Finalement, je rentre chez moi. Je retrouve ma fille follement inquiète. J'avais l'impression qu'elle savait tout. Ni ma fille ni moi ne sommes capables d'avaler quoi que ce soit. Enfin, le préfet Saugard me rappelle. Il me propose de m'accompagner à Noulhans le lendemain matin. Je demande à un cousin de venir à l'appartement pour s'occuper de mes enfants. Claire me jette un coup d'œil que je n'oublierai jamais.

Le lendemain, Paul Saugard et moi nous partons de bonne heure. À Noulhans, nous allons droit à la préfecture. Nous sommes reçus par un secrétaire, puis par le préfet en personne qui vient immédiatement. Il déclare que Jean Dutheuil s'est suicidé.

Cette affirmation assénée par le représentant de l'autorité de l'État tombe sur moi comme un couperet. Pas un instant je n'ai pensé qu'elle pût être fausse. Très affable et poli, plein de prévenances envers moi comme envers mon compagnon — son collègue, d'ailleurs —, il nous demande de passer à l'hôtel de police pour y faire une déclaration.

Un inspecteur nous y attend. Je comprends que c'est celui qui a téléphoné la veille à ma fille et que j'ai eu moi-même peu après, en rappelant du ministère. Lui aussi est exceptionnellement aimable pour un policier, bien que peu loquace. Il redit que mon mari s'est suicidé dans un hôtel, l'hôtel des Deux-Rives. Il est rentré le mardi soir vers neuf heures et demie et a demandé qu'on ne le dérange pas. C'est la femme de chambre qui a découvert son corps le lendemain matin. L'hôtel a aussitôt appelé la police, et c'est lui — il s'incline légèrement : inspecteur Turpin, je crois — qui, accompagné de deux collègues, s'est rendu sur les lieux.

Il se tourne vers moi, un peu gêné.

« Pardonnez-moi, madame, je dois dire les choses comme elles sont. Le corps de votre mari était nu sur le lit. Il y avait des boîtes vides de somnifères tout autour, au moins cinquante ! Nous avons fait porter le corps à la morgue, où il se trouve toujours. Il sera disponible — il consulte sa montre — à partir de deux heures. »

J'étais abasourdie. Le préfet Saugard m'a dit alors : « Allons aux pompes funèbres. »

L'inspecteur nous a donné l'adresse et a déclaré se tenir à notre disposition toute la journée. Nous sommes sortis. Nous avons marché dans les rues de Noulhans en état d'hypnose, moi en tout cas. Mon compagnon a voulu que nous prenions un café.

Aux pompes funèbres, je me suis assise de nouveau. Saugard a parlé avec le directeur, assez long-temps. Enfin, ils sont revenus vers moi. Il valait mieux que je ne voie pas le corps. Jean avait eu un « retour de sang » et : « Vous comprenez, c'est un spectacle difficile à supporter... non, il est préférable qu'il vous soit épargné. »

Sur ce, Saugard a téléphoné au préfet. Je suis retombée dans le brouillard. Finalement, je me suis aperçue de nouveau de la présence des deux hommes près de moi. « Que voulez-vous faire ? me demande Saugard. Je propose... »

Je me suis réveillée tout à fait. « Je veux deux cho-ses : premièrement, ramener le corps avec moi à Paris ; deuxièmement, que pas un mot ne soit dit sur le suicide. Qu'on parle d'une crise cardiaque... »

Saugard est retourné téléphoner au préfet. « C'est tout à fait d'accord, a-t-il déclaré. Il s'agit d'une crise cardiaque. »

À ce moment-là, on a rappelé de l'hôtel de police. L'inspecteur qui nous avait reçus le matin avait quelque chose à me remettre : un livre — *Le Rouge et le Noir* —, qui avait été trouvé sur le lit à côté du cada-vre. Et un sac. Dans le sac, il y avait le portefeuille de mon mari, un trousseau de clés, un mouchoir et je ne sais plus quoi.

Nous sommes alors repartis à la morgue chercher le corps de Jean. De nouveau, Saugard a insisté pour que je ne sois pas présente à la mise en bière. On a chargé le cercueil dans un break. Je suis montée dans une première voiture, tandis que le préfet Sau-gard prenait congé de moi. Il devait poursuivre son voyage et ne regagner Paris qu'au début de la semaine.

Voyons, nous étions le jeudi. Je suis rentrée tard à Paris avec le cercueil que les deux chauffeurs ont monté dans l'appartement. Mes deux enfants étaient là avec leurs vêtements de ville, debout. Ils ont regardé le cercueil, ils n'ont rien dit, ils sont allés se coucher. Je me suis effondrée sans avoir la force de les embrasser.

Elle me regarde et son regard est celui qu'elle devait avoir ce soir-là. Un regard qui ne voit plus rien...

Je lui reverse du thé.

— Vous êtes très fatiguée, lui dis-je. Vous me raconterez la suite plus tard.

Elle a bu lentement. Alors que je m'apprête à la raccompagner, elle fait signe que non. Elle relève la tête et reprend son récit.

— Le lendemain matin, j'ai téléphoné à mes parents : « Jean est mort d'une crise cardiaque. On l'a retrouvé à l'hôtel où il était descendu mardi soir. Personne ne savait où il était. »

J'ai adressé le même message à la famille de Jean. Je dois vous dire que ma belle-famille a gardé devant cette affaire une attitude beaucoup plus réservée que la mienne. Ce qui ne signifie pas qu'ils aient éprouvé moins de peine.

Peu après mes parents sont arrivés pour m'aider. Nous avons commandé les faire-part, pris les dispositions pour les obsèques. La CAF a annoncé la mort au milieu de la journée. Tous les collaborateurs de

Jean l'ont apprise à ce moment-là. Le soir, mes parents à peine partis, une de mes amies depuis toujours, amie de Jean également, me téléphone : elle apprend à l'instant par une grande radio qu'un scandale vient d'éclater, une affaire de call-girls, et qu'un cadre dirigeant de la CAF s'est suicidé. Le nom de Jean Dutheuil a été prononcé !

J'appelle à l'aide plusieurs de nos proches. L'un d'eux téléphone à un conseiller du Président. « Que pouvez-vous faire pour qu'on taise le nom de Jean Dutheuil ? — Rien ! — Comment ? — Je ne vois qu'une chose : intervenir auprès des différentes radios... »

Nous commençons à téléphoner de tous côtés, et puis nous nous arrêtons. C'est absurde ! Cela ne sert qu'à diffuser plus rapidement la nouvelle, à attirer l'attention sur elle.

Le samedi matin, je dis à mes parents que Jean s'est suicidé. Mon père, effondré, se décide à prendre contact avec celui qui était le véritable patron politique de Jean et qu'il connaissait assez bien. Pas de réponse. Il laisse un message. Il n'y a jamais eu de réponse.

J'alerte tout ce qui me reste de relations et d'amis pour accréditer la thèse de la crise cardiaque. Mes parents font de même. Plusieurs membres de ma belle-famille également. Le lundi matin, dans les deux plus grands journaux de Paris, se développe en pleine page la nouvelle du scandale des call-girls et du suicide d'un haut fonctionnaire de la CAF. Le nom de mon mari n'apparaît pas. Toutefois, dans la chronique nécrologique du même jour, l'annonce de ses funérailles pour le lendemain matin figure en bonne place !

L'indignation de mon interlocutrice le cède de nouveau à l'accablement.

— C'est bon, lui dis-je, cette fois, il faut rentrer chez vous.

J'arrête un taxi.

— J'aurai des questions à vous poser... quand vous serez moins fatiguée.

Elle tourne vers moi un visage désolé.

— Mais pourquoi... pourquoi ?

— Pour établir que votre mari ne s'est pas suicidé.

Ballotté par les chaos du train, abruti par le bruit, étouffé par la foule, ébranlé par ce que je viens d'entendre, je plonge dans une sorte d'hébétude.

Dans la brume de mon esprit, une évidence surgit. Il faut que je voie Joyeux.

7

Joyeux, c'est mon pote. Nous avons usé nos culottes ensemble sur les bancs du lycée Henri-IV et traîné au Luxembourg des après-midi entiers. Étudiants, nous avons continué à nous rencontrer, principalement pour draguer.

Un jour, nous apercevons sur un banc, près du bassin — celui-là peut-être sur lequel je venais d'avoir cette conversation difficile avec Christine Dutheuil et sa mère —, deux fillettes ravissantes. À vrai dire, je n'en avais jamais vu de semblables. Elles étaient très jeunes, des adolescentes plutôt que des jeunes filles. Une femme en réduction, c'est terriblement excitant. L'une était blonde, l'autre brune. C'est surtout la blonde qui était extraordinaire, avec son visage de porcelaine dont les traits à force de finesse vous faisaient presque souffrir. Comment la nature avait-elle réussi une pareille création ?

Quand on draguait ensemble avec Joyeux, c'est toujours moi qui entamais la conversation. Lui, c'était le fonceur, à l'en croire. « Tu y vas carrément,

me disait-il, c'est toujours celui qui y va qui a raison. »

En réalité il avait le trac, il s'embrouillait dans son
discours, pour devenir carrément lourd. Heureusement que j'étais là ! Cette fois-ci, ça marche comme
sur des roulettes. J'avais des phrases toutes pré-
parées et elles se mettent à rire comme des folles.
Si vous les faites rire, c'est gagné.

On reste ensemble jusqu'à la fermeture. La
blonde, je dois le dire, regardait surtout de mon
côté. Au moment de se quitter, je m'écarte avec elle
et nous prenons un rendez-vous auquel il est évident que nous viendrons l'un et l'autre. Joyeux
s'occupe de l'autre.

Ce qui a suivi m'emplit encore de stupeur, quand
j'y pense — et j'y pense chaque fois qu'il est question de Joyeux.

— Tu ne te rends pas compte de ce que tu fais !
Tu ne vas pas aller à ce rendez-vous, non ?

— Et pourquoi pas ?

— Mais ce sont des gamines. Elles n'ont pas
treize ans ! Tu ne vas pas débaucher une gosse ! Tu
n'as pas l'intention de l'épouser, non ? Qu'est-ce
qu'elle deviendra quand tu l'auras laissée tomber ?
Elle sera traumatisée à vie ! Tu es fou ! Si tu faisais
une chose pareille, tu serais le dernier des salauds !

Quand on s'est quittés, j'étais acquis à cette idée
de renoncer à une gamine de treize ans parce que,
il y a quelques années encore, en effet, ça ne se
faisait pas.

Des années plus tard, après un repas où l'on avait

bu un peu trop, Joyeux m'apprend que lui, il était allé à son rendez-vous. Il avait couché avec la brune, plus tard avec la blonde. Charmantes maîtresses, en vérité ! Il avait même songé à en épouser une.

Comme je me taisais, il m'a regardé et il est devenu soucieux.

— Tu ne m'en veux pas, dis ?

Non content d'avoir dépucelé les deux fillettes, il avait peut-être bien couché avec les deux en même temps. Il a dû leur expliquer que ça se faisait.

C'est le grand truc avec l'innocence. Comme en effet elle ne sait rien, on l'amène à croire ce qu'on veut. Tout le monde fait ça. C'est aussi naturel que de boire et de manger. À partir d'un certain âge, c'est même indispensable, bienfaisant. On éprouve des émotions intenses, une nouvelle vie commence. C'est même sa part la plus intéressante, ce qui lui confère un sens. Des filles qui ne connaissent pas l'amour sont de petites gourdes, tout le monde se moque d'elles en douce.

Et comme ce discours rencontre en face de lui un désir prêt à s'éveiller, la possibilité d'entrer dans cet univers nouveau et mystérieux s'offre à l'esprit de l'adolescente avec une force incoercible. L'angoisse s'empare d'elle. Pour peu qu'elle ait une copine qui a déjà connu ces expériences merveilleuses, les jeux sont faits. Le vertige de la possibilité grandit, jusqu'à ce moment où il n'y a plus qu'à s'y abandonner. Il faut en tout cas essayer, savoir en quoi consiste cette chose extraordinaire...

— Dis donc, tu ne m'en veux pas ? continuait de glapir Joyeux avec sa voix pâteuse.

Je ne répondais toujours pas. Vraiment, cette petite fille-là, j'en avais pincé pour elle.

— Hé, disait Joyeux, tu ne vas pas en faire un drame ?

Il faisait semblant de rigoler, mais il riait jaune. Nous nous sommes quittés assez sèchement.

Depuis ce temps-là, Joyeux n'a su comment se faire pardonner. Nous n'avons plus jamais parlé de cet incident mais, à chacune de nos rencontres, je vois s'allumer dans ses yeux la même lueur inquiète. Enfin, il accumule à mon égard les gentillesses, assez touchantes de la part d'un ours comme lui.

Les gentillesses et les services. Il m'a aidé financièrement à plusieurs reprises sans accepter jamais aucun remboursement. À mon retour d'Afrique, quand j'avais quitté les paras après ma blessure et que je me suis trouvé dans la mouise, il s'est décarcassé comme un frère. Je venais de rencontrer Natacha, qui m'hébergeait, me nourrissait, m'habillait, sans parler du reste. Les femmes, quand elles sont amoureuses, elles donnent tout. Mais je me disais : un couple où l'homme ne fait rien, ça ne peut pas durer éternellement. Un beau jour, sans transition, la femme le fout dehors. Comme je tenais à Natacha plus que je ne l'aurais voulu, j'ai cherché un job.

C'est Joyeux qui m'a présenté à cette agence minable. Il a, je m'en suis rendu compte peu à peu, les qualités d'un policier remarquable. Ayant escaladé rapidement les grades pour se retrouver très jeune commissaire, il appartient aux services spéciaux, où il occupe une fonction dont je n'ai jamais pu cerner les contours exacts, mais qui ne doit pas être rien. Il n'a pas son pareil pour faire croire à son interlocuteur, en hochant la tête ou en se raclant la gorge, qu'il en sait long sur une affaire dont il ignore tout. Il m'a appris à jauger les gens, à les faire parler. Il me donnait des conseils sur l'utilisation des sports de combat que nous pratiquions tous les deux. Pour les armes, nous allions nous entraîner en semaine dans les coins déserts de la forêt de Fontainebleau. Nous organisions des concours épiques. Je tirais mieux que lui. Et, pour une fois que je l'emportais dans un domaine relatif à son métier, il râlait comme un veau. C'était pourtant lui qui assortissait ces compétitions d'un gueuleton à payer par le perdant — une façon, je suppose, de masquer sa générosité.

Je me souviens d'un endroit que nous découvrîmes par hasard et qui garda toujours pour moi son caractère intime en dépit de son immensité. C'était une vaste clairière occupée par un étang qu'un chemin de terre coupait en son milieu. Par mauvais temps, l'eau devenait noire et nous nous penchions sur elle comme pour deviner, dans sa profondeur inaccessible, le secret de nos vies. Mais on ne distinguait rien d'autre que la fuite des nuages sur la surface impénétrable. J'ai eu l'occasion de revenir seul à cet endroit, en des circonstances qui hantent encore mon esprit. Ce que vaut l'amitié d'un être cher, on ne l'éprouve parfois que lorsque le doigt de la mort se pose à l'improviste sur votre épaule.

Cette amitié s'était déjà révélée à moi peu après que Joyeux m'eut fait entrer à l'Agence. Comme j'éprouvais des difficultés lors d'une enquête — les gens que j'interrogeais me déniant le droit de leur poser des questions ou refusant tout simplement de répondre —, je demandai à Joyeux une fausse carte d'inspecteur de police qui me permettrait de confondre les récalcitrants et de parvenir à mes fins.

Je mesure mieux maintenant l'énormité de la requête. Joyeux ne répondit pas, mais je voyais son visage soucieux. Quelques jours plus tard, il me réclama des photos. La semaine suivante, il me remit la carte.

— Ne t'en sers que le plus rarement possible. Tu comprends, si ça se savait, ma carrière serait foutue et je me retrouverais dans la rue.

J'eus alors la révélation de son incroyable générosité et les larmes me vinrent aux yeux.

Joyeux est un être complexe. À ce que je n'hésiterais pas à qualifier de grandeur d'âme s'ajoute chez lui un sens assez équivoque pour les choses équivoques. Tout ce qui est louche et, par honte de soi, s'efforce de se dissimuler à la vue des honnêtes gens, Joyeux, lui, l'aperçoit du premier coup. Il semble même que, par quelque sens inné et pervers du mal, son regard se dirige immanquablement vers ce qui est frelaté et malpropre. On peut reconnaître dans ce don l'origine de sa vocation de policier. Mais je me suis demandé s'il s'agissait seulement chez lui de démasquer la perversité — ou aussi de s'en donner le spectacle et d'en jouir.

Un jour, et c'était après la rencontre des deux nymphes du Luxembourg, nous descendions le boulevard Saint-Michel. De la main, Joyeux m'indique l'une des dernières pissotières qui fleurissaient encore sur le trottoir à cette époque.

— Tu vois ? me disait-il.

Je n'observais rien d'extraordinaire.

— Tu ne vois pas les morceaux de pain qui sont déposés à l'endroit où l'on pisse.

Je ne les avais pas remarqués.

— Les gens jettent les choses n'importe où ! fis-je, dégoûté.

Joyeux part d'un grand rire et me donne une tape sur l'épaule.

— Tu me feras toujours rigoler, petit père. Les gars qui foutent ça là, on les appelle les « soupiers ». Ils placent ces morceaux de pain pour recueillir l'urine de leurs semblables et l'absorber ensuite en s'en pourléchant les babines. Tu ne savais pas ?

Effectivement, je ne savais pas.

Joyeux triomphait.

— Tu n'as pas lu ça dans la *Critique de la raison pure,* hein ? Tu vois, ces grands ouvrages présentent certaines lacunes.

On riait comme des gosses. L'humanité nous semblait constituée de citoyens extraordinairement tordus. Il avait beau faire le malin, Joyeux, et m'en apprendre chaque jour un peu plus sur les inénarrables perversions de ces singes supérieurs, au fond de nous-mêmes, nous n'arrivions pas à comprendre comment de pareils trucs étaient possibles.

8

Le lendemain de ma rencontre avec Christine Dutheuil, je téléphone donc à Joyeux.

Dans un bistrot tranquille, je lui expose l'affaire. Comme lorsque je lui avais demandé la fameuse carte, je le vois se rembrunir.

— Sale truc ! Ça m'ennuie que tu t'occupes de ça. Fais gaffe.

— Qu'est-ce que tu sais ?

— C'est le financement du parti social, hein ? Je vais me renseigner.

Quand Joyeux s'est renseigné (et peut-être demandé à lui-même ce qu'il pourrait me dire — de façon que je ne me fasse pas descendre), voici à peu près ce qu'il m'explique :

— Jean Dutheuil est l'un des trésoriers secrets du parti social, peut-être le principal. Trésorier n'est d'ailleurs pas le mot exact. Dutheuil ne se borne nullement à comptabiliser et à ranger dans sa caisse de l'argent qui tomberait du ciel. Cet argent, il va le chercher. L'énorme réseau de relations qu'il a longuement tissé dans les diverses et hautes fonctions qu'il a occupées successivement, il le met au service de son parti. Il va taper tous les promoteurs et chefs d'entreprise qu'il connaît à Paris ou ailleurs, c'est-à-dire pratiquement tous ceux qui existent. Sans parler des directeurs de compagnies d'assurances, de grandes banques et autres machines à fric. Ces divers P.-D.G. publics ou privés lui remettent les énormes sommes d'argent qui vont servir à l'élection des représentants du peuple — argent en échange duquel ils récupéreront des sommes beaucoup plus considérables encore grâce aux multiples marchés qui vont leur être octroyés par la grâce de l'État.

— Comment s'opère le relevé des cotisations ?

— Problème ! Il n'y a pas de chèques, tu comprends. L'argent est donné en billets. Ça fait des paquets volumineux ! À la fin d'un gueuleton, le contenu d'une valise glisse discrètement dans une autre et c'était ton Dutheuil qui ramenait tout ça.

— Où ?

— Nouvelle difficulté ! Cet argent délicatement soustrait de la caisse des entreprises grâce à un système de fausses factures et autres procédés du même acabit est devenu de l'argent mafieux. Tu piges ? Du fric dont l'origine est inavouable. Il faut donc le blanchir, comme si c'était de l'argent de la drogue. Pour cela, on l'expédie à l'étranger, d'où il reviendra sous forme d'honorables chèques destinés à régler diverses transactions, réelles ou fictives.

— C'est Dutheuil qui se chargeait de ces manipulations ?

— Je crois.

— Comment passait-il l'argent ?

— Par des passeurs !

Joyeux rit franchement.

— Des passeurs d'un genre assez particulier. Des « passeuses », si j'ose dire !

Je crois comprendre ce jeu de mots douteux et cette fois nous rigolons tous les deux.

— Il y avait donc un réseau de call-girls. Ces dames élégantes se rendaient notamment à Londres pour leur week-end avec des bagages pleins de billets.

— À Londres ?

— C'est là qu'allait le fric... dans une banque arabe peu curieuse de la provenance exacte des fonds qu'elle traitait.

Il hésite.

— Je vais t'expliquer, mais tu tiens ta langue ! Ne va pas raconter ça au premier venu. Ça serait mauvais pour ta santé. Voir Dutheuil.

Dans cette banque transite aussi une partie de l'argent qui sert au trafic d'armes vers le Moyen-Orient. Tu mesures les sommes ! À propos de Moyen-Orient, tu sais que ces pays comptent parmi les principaux clients de l'Occident. Leurs délégations d'achat se pointent à Paris et on les reçoit tu devines comment ! Grands restaurants, caviar, champagne, les sociaux s'y connaissent ! Et précisément ces dames improprement appelées call-girls.

Elles n'arrivent pas au premier coup de téléphone, tu penses ! Il faut que ce soit la patronne qui les convoque. On fait croire aux invités que ce sont des femmes du monde, du grand monde, des actrices, etc. Et c'est vrai d'ailleurs. Pour cinq briques, elles sont toutes prêtes à s'allonger. Les envoyés des princes du pétrole, quand ils ont passé la nuit avec ce genre de souris, ils se prennent pour des dons juans. Les marchés se traitent plus facilement le lendemain. Tu piges ?

Je pige. Nous nous envoyons quelques lampées de bourgogne supplémentaires. Joyeux a l'air en forme. Je vais en apprendre un peu plus.

— Dis donc, Joyeux, quand les journaux ont annoncé le suicide de Dutheuil, c'était en même temps que le scandale des call-girls et dans le cadre de cette affaire. Tu ne crois pas...

Joyeux s'est rejeté en arrière dans son fauteuil et émet un sifflement admiratif :

— Du travail de professionnels mon petit père ! Du professionnalisme de haut niveau ! Tu penses, leur réseau de call-girls, ils l'ont dans leur tiroir depuis des lustres. On paye aussi en nature sous la République...

Je n'aime pas que Joyeux me fasse la leçon trop longtemps. Je le coupe :

— Laissons là les généralités, tu veux bien ? Ils tuent Dutheuil le mardi. Puis, toute trace du crime escamotées, on annonce à la famille éplorée et vaguement honteuse un « suicide ». C'est donc l'intérêt de la famille elle-même que l'affaire soit étouffée. On accepte la suggestion de Mme Dutheuil, l'infarctus. Le pouvoir a camouflé le crime en suicide et maintenant c'est la famille qui veut camoufler ce qu'elle croit être un suicide en crise cardiaque. Comme tu dis, ça c'est du travail ! Premier temps, donc. Exécution parfaite.

Deuxième temps : l'annonce publique de la mort de Dutheuil. Eh oui, il faut bien l'annoncer, cette mort, et pas seulement à la famille. C'est pas Tartempion, Dutheuil. Il n'était pas seulement connu de la classe politique, mais de celle des affaires. Le scénario a été prévu pour cette annonce publique, non ? Suicide ! Suicide ! Plus question d'une histoire cardiaque plus ou moins convaincante et sur laquelle il serait possible de revenir : une autopsie ! Pour clore l'affaire une bonne fois, pour assommer la famille définitivement et qu'elle se tienne tranquille, ils ont prévu le truc, le truc infaillible : le scandale, le scandale absolu, les call-girls. Et tu l'as lu dans les journaux comme moi : *le cadavre était nu !*... C'est ça, Joyeux ?

Joyeux se penche vers moi et me tapote amicalement la nuque, comme il a coutume de le faire quand il veut se foutre de moi.

— T'as compris, petit frère. Tu comprends vite...

— Il y a tout de même quelque chose que je saisis mal.

— Attends ! Tu as dit : « Premier temps, deuxième temps. » Ça me rappelle H. IV quand le prof lisait tes super-dissertations de philo : un modèle ! Et nous, comme des cons, on t'admirait !

83

Si tu veux, je vais ajouter un troisième point à ton laïus pour puceaux. Tu me suis ?

Troisième temps : tu vas fermer ta gueule. Pas question de te promener au milieu des gens qui trempent dans cette affaire en bombant le torse, manière de sous-entendre que tu en connais un bout. Tu rases les murs, tu disparais. Tout ce que je t'ai dit, ça ne te sert qu'à une chose : à ne pas en parler !

Et puis, je ne voudrais pas te vexer, petit frère, mais ce que tu as si brillamment exposé, ça ne correspond pas à grand-chose. Tu as l'air de croire que l'organisation de ce meurtre relève d'un plan minutieusement établi. Un système d'horlogerie dont tous les rouages — organisateurs et exécutants — fonctionnent en parfaite harmonie. En premier lieu, tu t'imagines que l'affaire a été programmée longtemps à l'avance. Je tendrais plutôt à penser que le meurtre a été décidé brusquement — et exécuté de même. De toute façon, mets-toi bien ça dans la tête. Dans un coup de ce genre, les gens qui font le boulot ne savent pas pour le compte de qui ils travaillent, ni pourquoi. Ils ont reçu pour instructions d'accomplir un certain nombre de gestes, c'est tout. Le véritable patron n'est pas sur le terrain. Ceux qui sont sur le terrain ne savent pas de qui le type qui les dirige a lui-même reçu l'ordre de procéder à cette besogne. L'affaire est complètement saucissonnée, tu saisis ? Et par conséquent complètement verrouillée. Impossible de remonter une filière. Il y a une porte blindée à chaque étage.

— Pourtant, dis-je, la presse...

— La presse ?

— Eh bien, elle est partie au quart de tour, non ? C'est même ce qui m'a frappé. Que l'affaire des call-girls sorte en même temps que l'annonce du suicide, c'est déjà bizarre. Ça dénote sinon un programme, du moins une aptitude peu banale à utiliser immédiatement un scandale pour en cacher un autre. Maintenant, que cette affaire de call-girls soit non moins immédiatement reprise et clamée par les médias, jetée en pâture aux lecteurs et autres téléspectateurs en même temps que le soi-disant suicide, ça suppose quand même un coup d'œil d'ensemble !

— C'est que, vois-tu, les filières qui ont organisé le crime camouflé en suicide sont totalement indépendantes de celles qui ont soufflé aux journaux leur scoop du lundi. Mais *les décideurs étaient les mêmes.*

— C'était qui ?

— Pas besoin de te faire un dessin. Les centres de décision dans ce pays, il y en a deux. Ils portent tous les deux des noms de palais ou d'hôtel.

— Bien. Reste mon problème personnel. Je suis chargé de faire une enquête. Il faudra bien que je remette un rapport à un moment ou un autre.

— T'en fais pas, petit frère. Moins tu en sauras, moins tu en diras, plus on te paiera !

Quand je rentre par le RER, dans le tintamarre général et soporifique qui m'englobe, c'est là en général que me viennent les idées. Mais cette fois, rien. Je songe tout au plus à Joyeux. Malgré les mauvaises manières qu'il a prises dans son métier, c'est bien une âme noble. D'habitude, les gens qui vous ont fait une crasse ne vous le pardonnent jamais, ils vous haïssent toute leur vie. Joyeux, lui...

9

Plusieurs jours passent. Je tourne et retourne dans mon esprit tous les aspects de cette histoire — ceux que je connais du moins, c'est-à-dire : très peu. Deux pensées me tracassent : faut-il abandonner, comme on le suggère de tous côtés ? Si, au contraire, je persiste à vouloir connaître la vérité, quitte à la cacher quand je l'aurai trouvée, comment avancer ? Ce que j'ai appris, et que je pressentais du reste, est bien général. Je ne sais ni pourquoi Dutheuil a été tué, ni comment. Je suppose tout au plus qu'il s'agit d'un meurtre et non d'un suicide. Mais même sur ce point capital, je n'ai aucune preuve véritable. Il y a une solution : faire semblant de continuer à chercher, de façon qu'on continue à me payer — aussi longtemps que possible. Voilà enfin une évidence, d'un intérêt intellectuel et moral douteux !

Un matin, le téléphone me réveille. Natacha est partie sans bruit.

— Monsieur Michel ?

La voix est claire. Surprise : c'est Christine Dutheuil. Elle souhaite me voir.

Je l'attends devant le cinq-étoiles où nous avons pris le thé la semaine passée. Elle arrive, vive, élégante, avec une sorte d'énergie juvénile.

J'ai repéré un hôtel analogue un peu plus loin. Il vaut mieux changer de crémerie.

Elle sourit. C'est la première fois que je la vois sourire.

— Je ne vous l'avais pas dit..., commence-t-elle.

— Il y a des choses que vous ne me dites pas, je m'en doutais !

— Voilà, reprend-elle, j'avais décidé, sans en parler à personne — et d'ailleurs à ce moment-là je ne vous avais pas encore rencontré —, j'avais donc pris sur moi de demander un rendez-vous au juge qui instruit l'affaire du réseau des call-girls. Vous savez, cette affaire que la presse a sortie en y rattachant le suicide de mon mari.

— En effet.

— Eh bien, il m'a reçue hier. La conversation a été très franche. Il m'a indiqué qu'il avait l'intention d'entendre mon mari, mais nullement de le mettre en examen, comme la presse l'a insinué. Il s'agissait d'une question de peu d'importance, tout à fait secondaire. Le juge voulait simplement lui demander un éclaircissement sur un chèque qu'il avait signé, chèque d'un montant très faible d'ailleurs. C'est tout.

Je perçois la joie qu'éprouve mon interlocutrice à m'annoncer cette nouvelle. Et cette joie, cette joie profonde, disproportionnée au regard de la minceur de l'affaire, c'est celle de sauvegarder la mémoire de son mari.

Je le lui dis.

Elle acquiesce. Elle laisse passer un moment, puis ajoute, les yeux brillants :

— Il y a quelque chose de beaucoup plus important ! Comme le suicide de mon mari se trouvait néanmoins intervenir en rapport avec cette affaire de call-girls, le juge a ordonné un examen de sang pour le corps de mon époux.

Je ne peux masquer mon émotion. La brusquerie de ma réplique m'étonne :

— Le résultat ?

— Eh bien, l'examen a révélé que les substances contenues dans le sang n'avaient pu entraîner la mort. Il n'y avait aucune trace de barbituriques ! Tout au plus avait-on noté la présence d'un herbicide, produit éminemment suspect, parce que susceptible de masquer l'action d'un poison ! Que dites-vous de cela ?

— C'est la preuve que nous cherchions, murmuré-je, ébloui.

Je pense tout à coup :

— Avez-vous le document médical ?

— Non... le juge n'a pas voulu me le remettre. C'est une pièce du dossier qui n'est pas communicable. Je lui ai demandé alors s'il pouvait m'en donner lecture. Il l'a fait. J'ai pris en note.

Elle sort triomphalement un papier de son sac.

— Attendez, lui dis-je.

Je saisis mon calepin.

Elle déchiffre un texte qui énumère un certain nombre de composants chimiques et conclut en affirmant qu'aucune de ces substances ne pouvait entraîner la mort — à l'exception d'un éventuel poison qui aurait été dissimulé par l'herbicide.

— Il a refusé de vous confier le document ?

— Catégoriquement. Il a même refusé d'en faire une photocopie.

— On comprend pourquoi ! C'est absolument décisif. Ça met par terre tout leur scénario.

Nous réfléchissons ensemble, à la même chose. C'est une expérience très intense.

— Nous avons la preuve, dis-je, et nous n'avons pas la preuve. Nous savons que votre mari ne s'est pas suicidé, mais le document qui le démontrerait...

Notre exaltation d'un moment retombe quelque peu.

— C'est déjà beaucoup de savoir, reprend-elle. Vous avez raison. Je ne voulais pas porter plainte et ne le veux toujours pas, mais, pour la mémoire de mon mari, cette pièce serait essentielle.

— Me permettez-vous d'essayer de l'obtenir ?

— Bien sûr...

Extraordinaire est le pouvoir de la vérité. Qu'elle surgisse : le monde est changé. Mais c'est en nous qu'a lieu le séisme. Par ondes successives qui s'écartent et reviennent sur elles-mêmes comme des vagues superposées, l'ébranlement nous submerge. Longuement résonnent en nous ses sonorités renouvelées. Un grand calme maintenant. Je le perçois en elle aussi, autour de nous, dans les pas enfin du serveur qui s'approche.

Elle parle de nouveau. Je suis le mouvement de ses lèvres, celui des syllabes invisibles qui cheminent à travers l'espace qui nous sépare — avant d'en saisir d'un coup le sens.

— Quoi ?

Elle m'explique qu'après la stupeur causée par l'annonce de la mort, le voyage à Noulhans, l'émoi des enfants, le scandale, le harcèlement du téléphone, des amis — après tout cela, donc, il a fallu revenir à la réalité.

— Nous ne possédions pas d'argent d'avance. Il y avait encore des traites à régler pour l'appartement. Heureusement, Jean avait pris une assurance sur la vie très importante. J'ai dû constituer un dossier, faire toutes les démarches nécessaires. Malgré son accablement, mon père m'a aidée.

— Auprès de quel organisme l'assurance avait-elle été contractée ?

— Auprès de la CAF...

De nouveau, les traits de son visage s'immobilisent, la voix devient plus dure.

— C'est ici qu'est apparu un second grain de sable dans la machinerie du suicide... Figurez-vous que pour toucher l'assurance, il est nécessaire de produire une pièce officielle sur les causes du décès. J'ai donc écrit à l'hôtel de police de Noulhans pour obtenir cette pièce. Et voici la réponse que j'ai reçue.

Elle extrait une feuille de son sac. Je la parcours du regard à plusieurs reprises, stupéfait.

Le document certifie, selon la formule usuelle, que la mort du corps présenté comme celui de M. Jean Dutheuil remontait à la soirée du 24 novembre. Suit l'annonce des causes du décès, laquelle ne donne lieu qu'à un grand blanc dont la couleur diffère de celle du papier original, comme si on avait passé un effaceur ou interposé un cache sur une photocopie.

— Voilà donc un certificat établissant les causes du décès et sur lequel ces causes ne figurent pas !

— C'est cela.

— Qu'avez-vous fait ?

— Après réflexion, mon père et moi avons joint cette pièce au dossier pour l'assurance, telle quelle. Mais la CAF a fait observer qu'elle était incomplète et a réclamé une autre pièce. J'ai réécrit à l'hôtel de police et reçu en retour... ceci !

Elle sort une seconde feuille de son sac et me la tend.

Ma stupéfaction augmente, si possible. La seconde version est semblable à la première, à ceci près que, après le blanc sur les causes du décès qui couvre presque toute la page, figure, au bas de celle-ci, un additif certifiant que le présent document est exact !

Je regarde Christine Dutheuil. Elle est pâle. Je sens la même pâleur sur mon propre visage.

— Et puis ?

— Nous avons envoyé ce second document à la CAF. Après une semaine d'attente interminable, la compagnie m'a fait part de sa décision de verser le montant intégral de l'assurance. C'est important, ajoute-t-elle doucement. Avec mon seul traitement, je me trouvais dans l'impossibilité de faire face aux diverses échéances, aux charges multiples. Nous n'avons plus de problème matériel maintenant, nous pouvons vivre...

— Pensez-vous qu'ils vous ont versé la somme spontanément ou... par l'effet d'une pression quelconque ?

— Je n'en sais rien. Une semaine s'est écoulée, je vous l'ai dit, entre l'envoi du second document et l'acceptation définitive de l'assurance.

— Bien, dis-je, nous avons maintenant la preuve que votre mari ne s'est pas suicidé mais qu'il a été assassiné. Voulez-vous que nous poursuivions l'investigation ?

Elle hésite longuement.

— Vous pouvez continuer vos recherches, si vous le voulez. À aucun prix, je ne veux d'une enquête officielle. Je vous ai expliqué pourquoi...

Ces révélations m'ont épuisé. Elle semble elle-même très fatiguée. Je lui propose de prendre autre chose.

— Vous avez encore un moment ?

— Oui, une amie garde mes enfants.

J'ai adressé un signe au serveur. Par une sorte d'accord tacite, nous gardons l'un et l'autre le silence. Je pense que je rentrerai tard et que Natacha va encore s'inquiéter. L'inquiétude la rend agressive. Je demande à Mme Dutheuil la permission de téléphoner.

— Oui, lui dis-je ensuite, j'aurais des questions à vous poser... À Noulhans, les policiers vous ont remis un sac avec des affaires de votre mari. Vous m'avez dit que ce sac ne contenait presque rien. Des clés, un mouchoir, le portefeuille tout de même.

— Justement, dans le portefeuille, il y avait le ticket du parking où mon mari avait garé sa voiture. Ce ticket indiquait 15h40. C'est donc l'heure de l'arrivée. Les policiers ont dit qu'il s'était rendu à l'hôtel vers 21h30 et avait demandé qu'on ne le dérange pas. Entre 15h40 et 21h30, rien. Personne ne l'a vu. Personne n'a pu dire ce qu'il avait fait.

— Ils n'ont pas cherché à le savoir ?

— Ils n'ont parlé de rien.

— Qui a affirmé qu'il était arrivé à l'hôtel vers 21h30 ?

— L'inspecteur de police, toujours.

— Le préfet Saugard et vous-même avez interrogé la réception de l'hôtel ?

— Non. J'étais tellement choquée... j'ai cru tout ce qu'on me disait.

— Bien. On a retrouvé votre mari nu sur son lit, c'est toujours ce qu'a prétendu l'inspecteur. Avec cinquante boîtes de somnifères autour de lui ! Mais où étaient ses vêtements ? On ne vous les a pas rendus ?

— Non.

— La chose a été évoquée ?

— Non.

— Avait-il une montre ?

Elle sort d'un rêve.

— Sa montre ? Ah oui. Je ne sais pourquoi l'idée de sa montre m'est venue à l'esprit. J'ai demandé à l'inspecteur où elle était. Il m'a répondu : « Oh, madame, dans ces cas-là, il y a toujours des objets qui disparaissent. C'est sans doute la femme de chambre qui l'a prise. »

— Très vraisemblable ! fais-je. Une femme de chambre qui ouvre une porte, trouve un homme nu mort sur le lit, a tout de même l'idée de voler sa montre... Et aussi ses vêtements, sans doute pour en faire cadeau à son mari ou à son fils !

C'est extravagant, cette histoire de corps nu et cette absence de vêtements, ces somnifères qui n'ont laissé aucune trace dans le sang de Dutheuil, mais ces cinquante boîtes vides répandues à travers la chambre, ce certificat médical sur les causes du décès qui s'abstient de les mentionner, le versement néanmoins de la prime d'assurance...

Je me tourne vers elle. Il y a comme une prière dans son regard.

— Je sais ! Je sais ! Tout ceci n'est qu'une mise en scène abominable.

Mais elle se raidit.

— J'ai choisi, n'est-ce pas ?

— Rassurez-vous, je me conformerai à votre volonté.

Nous sortons hagards. Je tente de la réconforter en la conduisant jusqu'à un taxi.

10

Ce sont les documents qui me tracassent. Le premier, l'extraordinaire certificat concernant les causes du décès, nous l'avons en notre possession. Il figurera dans le mémoire que Christine Dutheuil et moi sommes convenus de constituer et qui lui sera remis au terme de cette enquête privée. Ensuite, elle en fera ce qu'elle voudra : c'est son affaire.

Mais l'autre document, l'analyse du sang par un laboratoire officiel, est plus important encore. Si le premier correspond à ce qu'on appelle une prévention grave, le second seul constitue une preuve irréfutable. La preuve qu'il n'y a pas eu suicide. Mais meurtre ! Et, qui plus est, meurtre camouflé en suicide. C'est tout ce qu'elle demande, au fond, Mme Dutheuil — et toute la famille. Or, ce document existe. Et nous savons où. Quand on se promène le long de la Seine, il repose sagement sur une étagère, de l'autre côté d'un mur.

Se le procurer par effraction ou vol, ou encore

en soudoyant un employé, il n'y faut pas songer. Seule la cellule centrale des services spéciaux peut se permettre ce genre de fantaisie. Et il n'est plus question pour moi de demander à Joyeux un service de cet ordre. J'imagine sa fureur. Nous avons les mains nues. Je me souviens justement d'une parole de Mme Dutheuil, citant elle-même une de leurs amies : On ne lutte pas contre des chars les mains nues !

C'est une journée d'hiver presque tiède. J'ai ouvert la fenêtre de la chambre. Un pâle soleil déclinant pénètre jusqu'au lit sur lequel je suis étendu. Pour une fois, je serai là quand Natacha rentrera.

Je me creuse la tête. Au fond de ma mémoire, une petite flamme vacille, comme la veilleuse d'une église. L'image d'Adrienne se présente. Adrienne était une grande fille distinguée, je crois qu'elle possédait ce qu'il faut bien appeler une « valeur morale ». Droite, généreuse, entière. Je donne tout, disait-elle, mais je veux tout. Ce qu'elle voulait à l'époque, c'était m'épouser, je ne sais pas pourquoi. Et moi, je ne voulais pas, je ne sais pas pourquoi non plus. Ironie du destin : c'est toujours cette part en nous que nous ignorons qui décide pour nous à notre insu et choisit ce qui est le plus souvent contraire à notre intérêt. En langage vulgaire, je pourrais dire que je n'avais pas envie de coucher avec Adrienne, voilà tout. Mais pourquoi, grand Dieu ? Alors qu'elle était cent fois mieux que toutes celles sur lesquelles je me retournais dans la rue à l'époque. Plusieurs fois depuis, j'ai songé à elle, sans que ce mystère me livre davantage son secret. Piètre vertu de l'effort intellectuel !

Il se trouve pourtant que je viens de comprendre pour quelle raison l'image d'Adrienne s'impose à moi aujourd'hui — et maintenant avec une netteté extraordinaire. Elle faisait de la biologie ! Par un ami commun de ce temps où ma vie aurait pu prendre un cours bien différent, car Adrienne m'aurait empêché de faire toutes les conneries qui ont marqué un itinéraire dont il n'y a pas lieu d'être fier — interrompre mes études, m'engager chez les paras, etc. —, par cet ami, donc, j'avais appris qu'Adrienne était devenue professeur de biologie dans une université parisienne. Évidemment, nous nous étions quittés en fort mauvais termes. Une femme qu'on a plaquée vous en veut forcément, même si cette rupture est aussi indépendante de votre volonté que de la sienne.

Et puis, une autre difficulté me vient à l'esprit : à supposer qu'Adrienne accepte de m'écouter, que pourrait-elle pour moi ? J'avais juste ce petit bout de papier avec les substances retrouvées dans le sang de Dutheuil. Enfin, on ne sait jamais. Explorer toutes les pistes, disait Joyeux, c'est la force de la police. C'est par la routine qu'on trouve, etc.

Le lendemain, je me pointe à Jussieu. Je pense tout à coup que, si elle s'est mariée, je ne disposerai plus d'aucun repère. Il y a une foule d'étudiants, plus dense autour des panneaux d'affichage. Enfin, j'arrive à situer le secteur de la biologie. Sur un placard, je découvre son nom. Je suis très ému, très surpris aussi d'éprouver un pareil trouble. Je note les heures de cours. Coup de chance, il y en a un l'après-midi. Les retrouvailles vont être difficiles. Pourvu qu'elle ne m'envoie pas promener — d'autant que ma décision de la revoir apparaîtra immédiatement intéressée !

L'amphi est comble. Des débutants, si jeunes qu'on les prendrait pour des lycéens. Elle parle d'une voix nette, presque sèche. Il y a un réel plaisir intellectuel à écouter le déroulement de ces concepts inconnus, cette terminologie étrange. De loin, la silhouette d'Adrienne, qui se lève de temps en temps, paraît toujours aussi élancée. Son visage a gardé sa distinction un peu froide.

À la fin du cours, j'ai de la peine à me frayer un chemin jusqu'à elle. Elle va m'échapper. Je dois bousculer quelques groupes d'étudiants qui me regardent, étonnés. Ils prennent le temps de rire et de bavarder et semblent ne se hâter vers rien. J'admire en eux quelque chose que j'ai perdu. Enfin, je me trouve à côté d'elle.

D'abord, elle ne me reconnaît pas. Son visage change brusquement, mais elle ne dit rien. C'est moi qui parle, avec quelque embarras. Malheureusement, elle est pressée aujourd'hui. Tout son comportement volontairement distant indique qu'elle ne voit pas l'intérêt de cette rencontre.

— J'aurais un service à te demander.

Changement de cap : elle doit m'écouter.

— Eh bien ?

— C'est un peu confidentiel. Il y a trop de monde...

Tout en jetant un coup d'œil à sa montre, elle me suit. Je cherche nerveusement un endroit qui convienne, avec le sentiment que chaque minute qui passe risque de tout compromettre. Enfin, un bar. Il faut aller droit au but.

— Je suis chargé d'une enquête. Il s'agit de savoir si un type s'est suicidé ou si on l'a tué. Voici ce qu'on a trouvé dans son sang.

Elle jette un coup d'œil sur le papier que je lui tends.

— Non, on ne peut pas mourir avec ça. Tu désires autre chose ?

— Hum... Cet examen de sang a été fait au laboratoire de la préfecture de police de Paris. Est-ce que, en tant que professeur de biologie, tu ne pourrais pas...

Elle me regarde de telle façon que je me sens tout à fait mal à l'aise. Son expression s'est modifiée insensiblement. À la froideur se mêle maintenant quelque chose comme, je ne dirais pas du mépris, mais on n'en est pas loin.

— Si tu fais partie de la police, rien ne t'empêche d'aller te renseigner toi-même !

— Je ne fais pas partie de la police. Je travaille en ce moment pour une agence privée, qui s'occupe aussi bien de problèmes psychologiques...

J'écarte toute explication d'un revers de main.

— Je ne peux à aucun titre me rendre à la préfecture de police, à ce laboratoire.

Elle hésite.

— J'ai une amie qui y travaille.

La terre vient de trembler et je fais semblant de n'avoir pas perçu la secousse.

— Vraiment ?... C'est très important pour ce que je cherche.

— Qu'est-ce que tu cherches exactement ?

— Le document où l'examen a été consigné.

— Je n'ai pas la moindre idée de ce qui est possible ou non... Enfin, si tu veux, je vais contacter mon amie.

Elle se lève. Je lui demande son téléphone. Quand j'ai inscrit sur mon calepin le dernier chiffre, elle est déjà partie.

Les quais sont noyés dans la brume, quelques jours plus tard, lorsque nous nous retrouvons à l'heure du déjeuner. Les locaux du laboratoire sont déserts. L'amie d'Adrienne a préféré nous recevoir à ce moment. C'est une femme assez jeune, tête et lunettes rondes, dont l'accueil est parfaitement cordial. Il est évident qu'elle ignore la nature de mes rapports avec Adrienne, qui expose clairement le problème. Son amie est au courant.

— Je me souviens de ce cas. L'examen a eu lieu sur commission rogatoire d'un magistrat. Nous avons compris qu'il s'agissait d'un homme décédé dans des conditions suspectes. On voulait savoir si le sang contenait des substances ayant pu entraîner la mort. J'ai cette analyse présente à l'esprit. C'est moi qui l'ai faite.

À ma grande surprise, elle nous donne les résultats de mémoire et cite un certain nombre des produits dont les noms figurent sur le bout de papier en ma possession.

— On peut mourir de cela ?

— Absolument pas.

— La police prétend avoir découvert autour du corps cinquante boîtes d'un somnifère appelé « Nuit de rêve » et qu'on trouve en vente libre dans les pharmacies. L'absorption de ces comprimés aurait-elle pu causer le décès ?

— Pas davantage. Il est beaucoup plus difficile qu'on ne le pense généralement de se tuer avec des barbituriques. Il faut avaler la dose exacte. Pas assez : on ne meurt pas. Trop : on ne meurt pas non plus. L'estomac ne supporte pas cette dose massive et la rejette. Avec des produits aussi faibles que ce « Nuit de rêve », le rejet se serait produit bien avant de mettre la vie d'un organisme en danger. De toute façon, aucune substance correspondant à l'absorption de tels médicaments n'a été découverte dans le sang.

— Donc, il n'en avait pas pris.

— Non.

— Pour dissuader la femme de voir le cadavre de son mari, la police a fait état d'un « retour de sang » qui aurait rendu le visage du mort méconnaissable. « Il faut vous épargner cela..., lui aurait-on suggéré. Ce serait un souvenir insupportable. »

Elles rient toutes les deux.

— Un retour de sang ? Ça n'existe pas. Quant à

un visage défiguré, cramoisi, cet état de choses ne peut résulter que d'une hémorragie interne ou d'un traumatisme externe, jamais de l'absorption de somnifères.

— Il s'agit donc bien d'une mise en scène. Toutes les explications fournies sont un tissu de mensonges.

Les deux femmes gardent le silence.

— Encore une question, si vous le permettez. Le juge qui a ordonné cet examen de sang a dit à la femme du défunt que l'herbicide pouvait fonctionner comme un écran, cacher une autre substance qui, elle, aurait pu entraîner la mort.

— C'est exact.

— Quelle serait cette autre substance ?

— Il est tout à fait impossible de le dire. Le rôle de l'écran, c'est justement d'écarter toute réponse à une question de ce genre.

— Je comprends. À partir de l'état du sang, on ne peut déceler la nature du produit mortel. Mais en procédant en sens inverse, si j'ose dire, quel poison choisir pour provoquer une mort subite et masquer aussitôt la présence du poison par l'herbicide ?

— Beaucoup de préparations conviendraient, plus vraisemblablement un cocktail de préparations diverses.

— Avez-vous entendu dire que des cocktails de ce genre soient utilisés... dans des cas très particuliers évidemment... par les services secrets ?

Elle lève sur moi un regard vidé de toute expression.

— Je n'ai pas d'informations à ce sujet.

S'il y a un endroit où on devrait avoir eu vent de mixtures de ce genre, c'est bien dans un service comme celui-ci. Je garde ma réflexion pour moi.

C'est maintenant le moment difficile.

— Voilà, fais-je, euh... la famille du mort, vous le comprenez, attache la plus grande importance à écarter définitivement l'hypothèse du suicide. C'est pourquoi... euh, je viens vous demander s'il vous serait possible de me communiquer le relevé de cette analyse.

Elle semble effarée. Je me reprends tout de suite :

— Pas le document original, bien sûr, une simple photocopie. On pourrait l'établir ici même.

— C'est absolument impossible, monsieur, c'est contraire au règlement.

J'insiste.

— Il n'est pas question d'une pièce destinée à être montrée à quiconque, à étayer par exemple la demande d'ouverture d'une enquête. La famille ne veut précisément pas d'enquête. Cette pièce aurait un usage strictement privé. Elle serait déposée sous enveloppe cachetée chez un notaire, dans un testament, celui de Mme Dutheuil. Elle ne pourrait être communiquée qu'à sa mort, à ses enfants. Elle a deux enfants. C'est uniquement pour la mémoire de leur père...

— Je suis désolée. C'est tout à fait exclu.

Si elle est désolée, moi, je suis tout simplement accablé. Décidément, tout est verrouillé. Je songe brusquement que le juge, lui non plus, n'a pas voulu remettre la copie de l'analyse à Mme Dutheuil.

— Me serait-il possible au moins de prendre connaissance du document ? Plus tard, je pourrai témoigner devant les enfants de ce que j'ai vu.

Les enfants, les enfants ! La mémoire de leur père ! C'est difficile de refuser encore !

— Bien, je vais chercher le dossier. Vous pourrez le consulter.

Pendant qu'elle nous laisse seuls, je jette un coup d'œil inquiet vers Adrienne.

— Est-ce que j'ai trop insisté ?

— Non, tu as bien fait.

Et puis le temps passe. Nous attendons longtemps, très longtemps, trop longtemps. Le silence devient audible. Il n'y a personne ici, ils sont tous allés bouffer. Et toujours cette attente qui n'en finit pas.

Enfin, elle revient. Il n'est pas exagéré de dire que son visage est décomposé.

— Le document a disparu ! J'ai cherché partout. Mais non : on l'a pris. Nous avons un ordre de classement rigoureux. Il était rangé à sa place précise. Il n'est plus là.

Elle s'assied à son bureau, se prend la tête dans les mains. Soudain, elle la relève vers moi. C'est presque un cri, ou une supplique :

— Vous me croyez au moins ?

— Je vous crois tout à fait, madame. Et je vous remercie de m'avoir reçu. Il n'est pas étonnant que les services spéciaux aient fait disparaître la pièce prouvant l'assassinat.

Je remercie encore. Adrienne et moi sortons. Nous marchons en silence. Le brouillard a encore épaissi. On devine à peine quelques silhouettes. Je pense que ce brouillard qui nous empêche de voir est aussi la seule force qui nous protège. Si jamais j'avais obtenu ce papier... Celui qui voudrait sortir du brouillard, dans une affaire de ce genre, on lui tirerait dessus comme sur un lapin.

— J'avais peur de ne pas trouver ton nom à la fac, au cas où tu te serais mariée.

— Je suis mariée.

— Tu es heureuse ?

Elle ne répond pas.

— Et toi ?

— Euh... je crois que je n'ai pas réussi à faire ce que je voulais dans la vie.

— Que voulais-tu ?

— Je ne le savais pas.

— Maintenant ?

— Je l'entrevois.

Sa voix est plus amicale lorsque nous nous quittons.

Je me demande pourquoi je me sens si las. Est-ce d'avoir revu Adrienne, après tant d'années, qui m'a rendu triste ? Est-ce parce que la preuve une fois de plus nous échappe ? Mme Dutheuil sera-t-elle vraiment déçue, elle aussi ? Une sorte de solidarité s'est établie entre nous. Autour de la mémoire de son mari. Ou plus simplement parce que nous luttons ensemble.

Qu'est-ce que je pourrais encore bien chercher ? Il est clair qu'il n'y a plus grand-chose à espérer. Tout est bloqué.

Et si j'allais faire un tour à Noulhans ?

11

Quand je sors de la gare, la ville est noyée dans un crachin qui vient de la mer. Les masses plus sombres des nuages rasent le haut des immeubles. On les voit un moment, comme des dirigeables égarés, puis la bourrasque les reprend, ils s'évanouissent dans le ciel où l'on ne distingue plus rien. C'est à peine si, entre deux coups de vent plus violents, on devine un instant les flèches vertigineuses de la cathédrale.

Je prends un taxi et me fais arrêter à cent mètres de l'hôtel. La pluie a cessé. La bâtisse de loin paraît assez minable. Ce n'est pas le genre d'hôtel où devait descendre Jean Dutheuil. Et soudain, dans la brouillasse, tandis que je m'approche, cette illumination : *il n'a pas dû y aller de lui-même, mon avis est qu'on l'y a porté !*

J'allais pénétrer dans le hall quand j'aperçois, un peu plus loin, un panneau indiquant le parking de l'hôtel. Je fais demi-tour, franchis un porche qui débouche sur un espace assez vaste, imprévu au cœur de la ville. Il est entouré d'une palissade du côté opposé aux maisons qui bordent la rue. À l'extrémité, dans la direction d'où je viens, une petite porte. Elle doit donner directement dans l'hôtel.

Je reviens sur mes pas, gravis quelques marches et, traversant un hall qui sert de salon, assez modeste lui aussi, je me dirige vers la réception.

— Je voudrais voir le directeur.

— Ce n'est pas possible... il n'est pas là. C'est à quel sujet ?

Il suit mon regard. L'incident s'est déjà produit : j'exhibe ma carte.

Et j'enchaîne :

— Vous étiez là le jour où l'on a découvert le cadavre d'un homme dans une chambre ?

— Le matin où on l'a trouvé, oui.

— Comment ça s'est passé ?

Il hésite puis, devant mon air sévère, se décide à répondre, d'assez mauvaise grâce :

— On s'est efforcés de cacher la chose aux clients. Les policiers ont été discrets.

— La veille, quand M. Dutheuil est venu, vous étiez de service, vous l'avez vu ?

— Non. C'est mon collègue qui était à la réception. Je termine mon service à trois heures.

— Votre collègue est ici ?

— Ah non ! Il ne vient qu'à trois heures...

Il est ennuyé, moi aussi. Il réfléchit, marque un temps.

— Voulez-vous que j'aille voir si le directeur est

dans son bureau ? Euh... vous comprenez, d'habitude on ne le dérange pas.

Le directeur arrive. À sa mine, je vois qu'il a été mis au courant.

— Je suis navré... Je n'en aurai pas pour longtemps.

Je le suis dans son bureau. Je ressors mon topo habituel, depuis que je me suis aperçu qu'il fonctionne si bien.

— Vous vous en doutez, ce n'est pas une affaire ordinaire... Il y a une seconde enquête. Vous avez entendu parler de la police des polices...

Il s'incline et me considère avec un respect accru.

— Voilà, je voudrais savoir à quelle heure est arrivé l'homme qu'on a retrouvé mort le lendemain. Je désire aussi parler au réceptionniste qui a eu affaire à lui...

— Il est absent... je peux essayer d'appeler chez lui.

J'approuve. Coup de chance : l'homme est là.

— Il ne tardera pas, il n'habite pas loin d'ici.

Je remercie.

— Est-il possible, monsieur le directeur...

Je lui colle des « monsieur le directeur » à tour de bras, si bien que, très vite, lui aussi m'appelle « monsieur le directeur » ; il doit penser que je ne suis pas un policier ordinaire, et je fais tout pour l'en convaincre : extrême courtoisie, formules recherchées, accent du beau monde plutôt que celui d'un commissaire de police style Joyeux.

Je reprends :

— Est-il possible de gagner les chambres de votre hôtel *sans passer devant la réception* ?

— Eh bien, oui... nous avons un parking d'où l'on peut se rendre directement à l'ascenseur.

— Me permettez-vous de me rendre compte ?

Il me conduit par un couloir à une issue qui donne sur l'emplacement que j'avais découvert avant d'entrer dans l'hôtel. C'est bien la petite porte que j'avais aperçue de loin.

— Elle est ordinairement fermée de l'intérieur. Quand un client est en voiture, il fait le tour sous le porche avec son véhicule et le garçon vient lui ouvrir ici. Il le conduit alors directement à sa chambre.

J'examine la clé. Le directeur suit mon regard.

— C'est seulement l'été, le soir, quand les clients arrivent en grand nombre et presque tous en même temps, qu'on la laisse ouverte.

Ouverte ou pas, c'est un jeu d'enfant pour des professionnels de la crocheter. Quand nous regagnons le bureau, le réceptionniste de l'après-midi est là. Lui aussi, on vient de le mettre au courant.

— Je vous laisse, me dit le directeur.

Je m'installe à son bureau tandis que l'employé prend place devant moi.

— Vous souvenez-vous d'avoir reçu M. Dutheuil, l'homme qu'on a trouvé mort le lendemain ?

— Je dois dire que non.

— Vous avez vu sa photo dans les journaux ? Tenez, en voici une.

Je me lève et place le cliché devant ses yeux.

L'anxiété de mon interlocuteur est perceptible. Je me hâte de l'accroître.

— C'est important, comprenez-vous, très important.

Il a pris la photo dans ses mains qui tremblent un peu.

— Regardez bien : vous ne vous souvenez pas d'avoir aperçu cette tête-là ?

— Non.

— Quand un client vient, il remplit une fiche, il montre ses papiers ?

— S'il a retenu sa chambre, on lui demande seulement de remplir sa fiche... Par discrétion, on n'exige pas de papiers.

— Il a rempli cette fiche ?

— Il aurait dû... On peut essayer d'aller voir. Quel jour était-ce exactement ?

— Le 24 novembre.

Nous gagnons ensemble un petit local situé derrière la réception et le directeur vient se joindre à nous. Nous consultons les registres. Le mardi 24, parfaitement : il y a une chambre au nom de Dutheuil.

— Cette chambre était-elle réservée ?

— Oui, dit le directeur. Les noms des clients qui ont retenu figurent les premiers.

— Depuis quand la chambre était-elle réservée ?

— Impossible de le savoir. Nous inscrivons les noms au fur et à mesure des appels.

— Bien. Les fiches sont-elles conservées ?

— En principe oui, pendant trois mois. Ensuite on les jette.

— Avez-vous la fiche de Dutheuil ?

Ils cherchent, ils examinent plusieurs fois des paquets de cartons ficelés. La caissière s'y met.

— Nous ne la trouvons pas, monsieur.

Il esquisse un geste d'impuissance.

— C'est bizarre.

— Je vous remercie. Monsieur le directeur, pourrais-je vous dire encore un mot ?

Le plus de mystère possible. Nous avons regagné son bureau.

— Voilà, il faut absolument que je rencontre la femme de chambre — et aussi le veilleur de nuit.

— La femme de chambre ne travaille plus ici... Cet incident l'a bouleversée. Du coup, elle a quitté son métier.

— Elle travaille ailleurs ?

— Je ne crois pas. Elle a pris sa retraite.

— Vous avez son adresse actuelle ?

Plein de bonne volonté, le directeur repart à la réception. Il revient avec l'adresse. J'en prends note avec soin.

— Quant au veilleur de nuit, il n'a pas le téléphone. Il ne viendra pas avant dix heures ce soir. Mais j'ai aussi son adresse, si elle vous intéresse.

Elle m'intéresse et je la relève également.

— Pourrais-je examiner la chambre ?

— Euh... oui. Si vous voulez bien me suivre, c'est une chambre comme les autres.

Je regarde distraitement cette pièce plutôt minable. Elle semble porter encore le deuil des événements dont elle a été le théâtre. Il m'apparaît de plus en plus évident que Dutheuil n'est pas venu loger de lui-même dans un endroit pareil.

Je prends congé du directeur, avec force remerciements.

— Inutile, ajouté-je, de parler à qui que ce soit de ma venue.

Il comprend et s'incline solennellement.

J'ai oublié de m'informer des horaires de retour pour Paris. Je verrai bien si j'ai de la chance. Dans l'immédiat, je vais rendre visite au veilleur de nuit. Je jette un coup d'œil à ma montre. Il doit être en train de déjeuner.

Effectivement, il est chez lui, il en est au dessert. Il s'excuse. Sa femme s'excuse.

— Vous souvenez-vous du 25 novembre, le jour où on a découvert le corps ? La veille au soir, c'était donc le mardi 24, avez-vous vu entrer ou sortir de l'hôtel un client qui ressemblait à ceci ?

Je place la photo devant ses yeux. Il va à la fenêtre et je l'accompagne. Il regarde longuement.

— Non, monsieur, je n'ai jamais vu ce monsieur.

J'erre dans les rues. Il recommence à bruiner. Je me demande si j'ai encore quelque chose à faire dans cette ville engloutie sous la brume. Ah oui, le parking. Je m'y rends en taxi. Il est très éloigné de l'hôtel. Pourquoi Dutheuil aurait-il laissé sa voiture à cet endroit s'il voulait passer la nuit dans un hôtel situé à l'autre bout de la ville ? Qu'on me fasse un dessin ! Mais quand on fait un dessin, le dessin de la ville, ça n'a plus aucun sens.

Avant de rentrer, je décide de faire encore un tour dans les environs du parking. Quartier récent, pas mal réussi, ma foi. Tiens : qu'est-ce que c'est que ces grands bâtiments qui ressemblent vaguement à des palais ? Je remarque leur disposition agréable au milieu de jardins verdoyants. Je m'approche : « Hôtel de Région ».

Je me promène dans ces jardins. J'essaie d'imaginer. C'est comme si j'essayais de me souvenir. Rares passants. Quelques femmes élégantes hâtent le pas, sous l'averse qui commence.

Pas de taxi. Je regagne à pied la gare lointaine.

Toujours la pluie. C'est comme une purification. Plus d'une heure à attendre le prochain train pour Paris. La nuit vient, déjà.

Enfin je me cale dans le coin d'un compartiment. Une jeune fille s'installe devant moi. Elle a une extraordinaire chevelure rousse, volumineuse, défaite, épaisse. Sous cette sorte de parasol dont lui a fait don la nature, son visage est étonnamment jeune. Le train démarre. Tandis que la pluie redouble et frappe la vitre, je m'abandonne à ce bercement douloureux que j'aime depuis mon enfance.

Bien. Voici comment ça s'est passé. D'abord, ils n'ont pas retenu cet hôtel pour son prix. Ils ne sont pas à 500 balles près, dans les services spéciaux. Ils l'ont choisi parce qu'on pouvait gagner la chambre sans passer par la réception, sans se faire voir. Mais procédons par ordre.

On a téléphoné en fin de matinée à Dutheuil en lui demandant de venir d'urgence, sans préciser le motif, ce qui veut dire sans pouvoir dévoiler une affaire d'une telle importance au téléphone. Mais l'injonction de venir émanait d'un très haut personnage ou a été formulée de sa part. Le lieu du rendez-vous n'a pas été mentionné ou on n'y a fait qu'une allusion compréhensible seulement par un initié. Que cet endroit soit l'Hôtel de Région, voilà qui ne fait plus aucun doute pour moi. C'est pourquoi Dutheuil s'est garé tout près. Il est 15h40. Le temps qu'il faut pour venir de Paris en s'arrêtant quelque part pour déjeuner.

Dutheuil descend de voiture. Quelqu'un s'avance à sa rencontre. Il invoque un prétexte. On doit repeindre un corridor ou bien, pour éviter de se faire remarquer dans le grand hall, on va se rendre au lieu du rendez-vous en passant par le sous-sol.

Dans le couloir étroit, ils se jettent sur lui. Coups de poing en pleine figure pour le désarçonner, en même temps qu'un autre type l'empoigne par-derrière. Mais Dutheuil est costaud et courageux. Il se débat, lutte de toutes ses forces. La brusque conscience du caractère mortel du danger qu'il court redouble son énergie. Dans le combat, ses vêtements sont déchirés, sa montre brisée, son visage tuméfié. Enfin, il tombe, il est maintenu à terre, l'un des agresseurs en profite pour lui faire la piqûre. Il meurt immédiatement. On lui administre alors une seconde piqûre avec l'herbicide destiné à effacer la présence du poison dont les services secrets israéliens ont récemment fait cadeau à leurs petits camarades français.

Pour les coups de ce genre, tout est prévu minutieusement, autant que faire se peut. Dans la cave où on a traîné Dutheuil pour l'assommer, il y a donc aussi trois sacs. Dans le premier, on place ce qu'on a décidé de rendre plus tard à la famille. Dans le second, ses vêtements en loques, sa cravate déchirée, sa montre brisée — tout ce qu'on balancera quelque part. Le troisième reçoit le corps nu. Un break arrive et embarque le tout : les sacs, le mort, les vivants. L'un des exécutants s'écarte à un moment jusqu'à une cabine téléphonique. Après un bref appel, il revient et la voiture, j'allais dire le fourgon funéraire, démarre.

Peu de temps avant cet incident discret, un client s'est présenté à l'hôtel. Il avait réservé une chambre.

— À quel nom ?

— Dutheuil.

— Dutheuil ? En effet, voici votre clé. Bon après-midi, monsieur Dutheuil.

On ne lui a pas demandé ses papiers mais, si on les lui avait réclamés, il avait sur lui une carte d'identité au nom de Dutheuil. La photo n'était pas celle de Dutheuil, mais la sienne : celle du quatrième homme du commando venu préparer la visite des trois autres.

Il regagne seul sa chambre au deuxième étage et a tout loisir d'inspecter soigneusement les lieux. Avec quelques précautions, inutiles d'ailleurs, il redescend à la petite porte qu'il ouvre de l'intérieur.

Il laisse la clé sur la serrure, jette un coup d'œil à sa montre, remonte dans la chambre. C'est l'heure. Le téléphone sonne.

— Oui, c'est ouvert, tout est prêt.

Le temps de traverser la ville ruisselante de pluie et déserte, le fourgon arrive devant la petite porte qu'il n'y a qu'à pousser. Le quatrième homme les attend. Silencieusement, il passe devant en éclaireur. Les trois autres suivent avec le corps. Brève hésitation. Pas besoin de se fatiguer : on emprunte l'ascenseur.

Le corps est déposé sur le lit. Évidemment, le visage est un peu abîmé. On répand en quantité les boîtes vides de « Nuit de rêve ».

Coup d'œil circulaire. Tout est en place. Les quatre hommes repartent à de brefs intervalles. Celui qui a fait le « client » ne juge pas utile de repasser devant la réception et va s'installer avec les trois autres dans le break, qui démarre en douceur sous la pluie.

Le train ralentit et j'ouvre les yeux. Devant moi, la rousse à la chevelure de sirène me regarde, un pli ironique au coin de la bouche. J'ai dû remuer les lèvres durant la reconstitution du crime. Elle se lève, prend son bagage et descend. Sur le quai, j'aperçois un instant ma voisine. Elle hésite, cherche du regard — quelqu'un ? la sortie ? Elle disparaît brusquement.

De nouveau, le bercement du train.

Une idée me vient à l'esprit : qu'on puisse assassiner quelqu'un de cette façon, tranquillement, grâce à des procédés bien rodés, en suivant un programme tracé à l'avance, ça se comprend. Avec un peu de sang-froid et sans une catastrophe imprévisible qui mette tout par terre, les événements se déroulent comme prévu. C'est le scénario général cependant qui pêche quelque part. La preuve en est que personne n'y croit, que toute enquête est interdite. Moi-même, avant d'avoir reconstitué les faits — leur enchaînement le plus vraisemblable, en tout cas —, j'avais tout de suite pensé à un coup monté. Qu'est-ce qui cloche dans leur histoire ?

De nouveau, je m'assoupis. De nouveau, je me réveille. Il pleut toujours. Ah oui ! Ce qui cloche dans leur histoire... Eh bien voilà : si Dutheuil est allé à l'hôtel pour se suicider, il n'était pas nu en venant, il n'est pas passé nu devant la réception ! Et s'il était habillé, comme tout individu qui circule dans la rue ou entre dans un hôtel sans qu'on appelle police secours, alors, que sont devenus ses vêtements ? Comment pouvait-il bien être nu quand on l'a trouvé mort ? Il n'a pas jeté ses vêtements par la fenêtre !

Je m'abandonne de nouveau au balancement du train. Je perçois vaguement ses ralentissements, deux ou trois arrêts. Tout à coup, quelqu'un me frappe l'épaule.

— On est arrivé, monsieur !

Un jeune d'une quinzaine d'années, engoncé dans un anorak bleu, me sourit. Il descend. Je le vois sur le quai jeter dans ma direction un bref coup d'œil, s'assurant que j'ai compris. Je lui fais un signe.

Comme la fille rousse, il disparaît d'un coup. Je descends à mon tour. Le train est vide, le quai désert.

Je me tape encore le RER et puis le quart d'heure à pied à travers cette banlieue mal famée. Je tâte mon pétard dans ma poche. Je pense à Natacha qui revient seule tous les jours, oubliant une fois sur deux l'arme défensive dont je l'ai pourvue.

— Tu rentres tard !

Je m'efforce de prendre un ton jovial :

— Qu'est-ce que tu dirais d'un week-end à la mer ?

— En cette saison !

— La mer est plus belle l'hiver.

12

Il reste trois jours avant le prochain week-end. Je fais le bilan des gens que j'ai vus, de ceux qu'il me reste à voir. Il y en a un que j'aimerais rencontrer, c'est le mari de Marie Nalié. Elle m'a parlé de lui à plusieurs reprises. C'est lui qui semble avoir été le plus atteint par ces événements. Une dépression ! Depuis que je l'ai appris, son image se mêle dans mon esprit à celle de Natacha. Ceux qui ont franchi la porte de l'Enfer et rencontré le désespoir ont toujours suscité en moi une sorte d'attirance fraternelle. Quel lien les rattache — à quoi ? — pour que la rupture de ce lien les laisse sans volonté, ne se souciant plus de rien ? Y a-t-il pour eux quelque chose de plus essentiel que ce monde, une vérité vers laquelle ils tendent de toutes leurs forces et sans laquelle ils ne peuvent vivre ?

Cet étrange attrait pour ceux qui ne s'intéressent plus à rien fut sans doute à l'origine du coup de téléphone que je donnai à Marie Nalié. Je voulais m'enquérir de la santé de son mari. Était-il revenu de l'hôpital ?

— Il est rentré hier. Nous avons parlé longuement de vous. Il serait heureux de vous voir. Est-ce possible ?

Si c'est possible ! Pour une fois que quelqu'un souhaite me rencontrer et que je ne suis pas le demandeur !

François Nalié a tenu à m'inviter à dîner — dans un endroit tranquille. Il s'est placé à ma droite, parce qu'il entend mieux de ce côté-là. Sa femme s'installe en face de nous. Il est tout à fait conscient de ce qui lui est arrivé.

— Quand j'ai appris la nouvelle, je me suis effondré. Ne croyez pas que je sois faible, pas du tout. Je me suis effondré parce que tout ce en quoi je croyais s'est désintégré, a volé en éclats.

Je l'interroge sur ses convictions.

— Je croyais en beaucoup de choses. Cela, il faut que je vous l'explique. La plupart des gens peuvent très bien vivre sans croire en rien. C'est même le cas le plus fréquent. La vie leur suffit. Chaque jour, à chaque moment, il y a quelque chose à faire, n'est-ce pas ? Il suffit de se laisser porter. Pour moi, c'est différent. J'étais un matheux. Faire des maths, c'est à la mode, mais si vous leur consacrez votre temps, vous êtes complètement coupé de la réalité, vous vous enfermez dans un monde imaginaire qui n'a plus aucun rapport avec quoi que ce soit d'autre.

— C'est vrai, fis-je en riant. Platon dit que les mathématiciens semblent rêver.

— Hein ! Quoi ? Il dit cela ? C'est extraordinaire. C'est exactement ce que j'éprouvais. Quand j'interrompais mon travail, j'avais l'impression chaque fois de sortir d'un rêve. Il me semblait aussi que ce travail n'avait aucun rapport avec moi, avec ma propre vie, le sens qu'elle pouvait bien présenter à mes propres yeux, ou à ceux d'un autre.

Heureusement, reprend-il, j'appartiens à une famille où on a le sens des réalités. Mon père, vous le savez, a joué un rôle important dans le mouvement ouvrier. Pas seulement à Paris, dans les salons. Avec les mineurs. Il était un de leurs représentants. Il connaissait les problèmes de ceux qui attrapent la silicose et vont mourir plus tôt que les autres, les assurances, la retraite, les salaires, les logements, les écoles pour orphelins. C'était ça le socialisme. Et comme sur le terrain il n'y avait pas que lui, il y avait les cocos qui racontaient que l'URSS c'était le paradis et qu'il n'y avait rien d'autre à faire que ce qu'on faisait là-bas, vous voyez le problème ! Toujours en lutte sur deux fronts. Entre les exploiteurs et les charlatans.

J'admirais mon père, je partageais ses idéaux. Parce que, pour mener l'existence qu'il avait choisie, il faut croire à un certain nombre de choses. À la valeur des individus, du travail, à leurs droits. À leur droit de vivre, par exemple. De ne pas se faire assassiner au coin du bois par la première fripouille venue. Bref, on avait une morale. Et même une morale très rigoureuse. Excusez-moi, vous allez rire franchement : on croyait qu'on avait des devoirs envers les autres et envers soi ! On apprenait même ça à l'école — à l'école laïque. Donc, il n'y avait pas que les curés qui racontaient des histoires pareilles.

Quand j'ai appris le suicide de mon gendre, j'ai reçu le coup le plus dur de toute ma vie, j'étais assommé. Il faut bien que vous compreniez cela : ce suicide, nous y avons tous cru dans la famille. Au début, il n'y avait pas le moindre doute à ce sujet. Ce n'était pas seulement une nouvelle terrible — c'était une honte. Par-dessus le marché, ce suicide était lié à une affaire crapuleuse, une affaire de callgirls, vous vous rendez compte ! Plus qu'une honte, une infamie ! À tel point que toute notre activité, quand nous avons essayé d'aider notre fille, ça a été de cacher la chose. Cacher le suicide ! Nous avons téléphoné partout pour dire que ce n'était pas un suicide mais une crise cardiaque. Personne ne nous croyait. Plus on le disait, moins on nous croyait. Notre mensonge ne faisait qu'accréditer le leur : la thèse du suicide.

C'est à ce moment-là que j'ai été le plus bas. On a dû m'hospitaliser ! La honte faisait boule de neige. Jusqu'au jour où la thèse du suicide a commencé à se lézarder. Quand il a fallu toucher l'assurance et qu'on a eu entre les mains ces certificats de décès extravagants, quand ma fille s'est mise à douter, quand elle a appris que son mari n'était pas mort en absorbant des somnifères pour la bonne raison qu'il n'y en avait pas la moindre trace dans son sang,

— voyez-vous, à partir de ce moment-là, j'ai repris courage. Je me suis dit : il faut rechercher les assassins, il faut les démasquer ! J'avais de nouveau une raison de vivre.

C'est alors que le plus dur a commencé. Nous connaissons encore un certain nombre de gens dans ce milieu, même si nous n'y appartenons plus depuis longtemps. Ma fille, mon gendre y avaient leurs amis. Ces amis nous ont accueillis avec beaucoup de gentillesse, ils faisaient preuve de la plus grande compassion pour notre malheur. Mais dès qu'ils comprenaient ce que nous voulions, ce que nous étions venus leur demander, changement de ton.

« Mais enfin, disions-nous, furieux, il s'agit bel et bien d'un meurtre, pas d'un suicide ! » Pour ce qui est du suicide, ils se montraient conciliants. Ce n'était *peut-être pas* un suicide. Les examens médicaux, en effet. Encore qu'on ne sache jamais. Mais enfin, supposons que ce ne soit pas un suicide, alors la chose était beaucoup plus grave. Étant donné le contexte, il ne s'agissait évidemment pas d'un crime ordinaire, concernant un individu, sa vie privée — c'était une affaire d'État. Le mieux en ce cas était de ne rien faire. Défilaient toutes les raisons, tous les exemples.

Il me regarde.

— Ma fille vous a dit tout ça ?

J'acquiesce.

— Et encore, reprend-il, les amis dont je vous parle, c'étaient de vrais amis, des gens qui nous voulaient du bien. Ne parlons pas des autres. Abonnés absents, répondeurs, jamais aucun rappel. Le vide. Quand par hasard nous en rencontrions un dans la rue : demi-tour, changement de trottoir. Lorsqu'il était trop tard, regard obstinément fixé sur les chaussures. Quant à notre propre téléphone, il était devenu muet : nous ne recevions plus aucun appel de personne.

Nous connaissons des gens de toute sorte, je vous l'ai dit. Je me suis demandé comment il était possible qu'ils adoptent tous la même attitude à notre égard. Hein ? C'est extraordinaire : des gens différents qui font tous la même chose !

Eh bien, j'ai compris pourquoi. Quelle que soit leur fonction dans le monde politique, dans la haute administration, dans le privé, ce sont tous des créatures du régime, tous, ils sont liés à lui par quelque avantage, quelque faveur avouable ou non, quelque irrégularité, quelque passe-droit, voire quelque dossier qui les fait marcher droit. Tous sont tenus. Ils ont, soigneusement ficelée, à leur patte, une casserole qui fait d'eux des serviteurs zélés, des collaborateurs sur lesquels on pourra compter longtemps. Et quand ils s'avançaient vers nous les mains tendues et le sourire aux lèvres, c'est cette corde qui se tendait brusquement, les serrant à la cheville — c'est cette casserole qui se mettait à tinter à leurs oreilles !

Je les voyais changer de couleur. C'est ça, monsieur, un régime totalitaire : cette peur qui surgit dès qu'il est question de la vérité, cette nécessité tout à coup de détourner la tête, de ne plus regarder les gens dans les yeux. Et ce régime où il ne faut plus regarder les gens dans les yeux parce qu'ils auraient peur qu'on y lise une vérité qu'ils ne doivent pas savoir, qu'ils ne veulent pas voir, ce régime totalitaire implacable, c'est maintenant le nôtre, notre démocratie sous la houlette de la fripouille qui nous dirige.

La peur comme moyen de gouvernement, ce n'est pas une idée tellement nouvelle. Je m'intéresse à l'histoire, vous savez : c'est fou le nombre de régimes qui reposent ou qui ont reposé sur la peur. Ce qui est nouveau, c'est d'avoir fait de la peur le principe d'une démocratie. Pas un principe abstrait, comme ceux qu'on nous chante à l'oreille : liberté, égalité, etc. Des principes à quoi rien ne correspond. La peur est un principe actif, qui fonctionne vraiment, qui fait marcher et même courir tout le monde. Le pays tout entier devient une piste de marathoniens. Évidemment, il ne faut pas surestimer les vertus de la peur. Les gens font semblant de se presser plus qu'ils ne se pressent vraiment. Ils ne s'activent que lorsqu'ils pensent que quelqu'un peut les voir. Mais enfin, la peur maintient l'activité sociale à un niveau minimal, qui permet encore la survie du groupe. Voyez l'URSS ! Dès que le système de la terreur a pris fin, tout s'est arrêté, plus personne ne faisait rien — si ce n'est voler l'indispensable. Le régime s'est écroulé. Vous croyez que j'exagère ?

— Pas du tout, lui dis-je avec douceur. Je pense comme vous.

Il me regarde. Mme Nalié me regarde.

— Vous cherchez à rétablir la vérité sur l'assassinat de mon gendre ?

— Bien des gens m'en dissuadent.

— Nous aussi, peut-être ?

— Je ne sais pas encore.

Il semble soudain inquiet.

— Bon, je vais vous dire ce que je pense. Auparavant, il faut tout de même que je vous raconte deux ou trois démarches que nous avons tentées malgré tout. Mon père avait un grand ami qui s'occupe maintenant d'une association pour la défense des droits de l'homme, Denis Sibert. Vous connaissez ce nom, vous avez entendu parler de lui ? C'est un socialiste d'autrefois, un homme qui croit aux valeurs de la démocratie. Il a mené des luttes communes avec mon père. Quand il a su qui j'étais, il m'a reçu avec beaucoup d'amabilité, lui aussi. Il était sincèrement peiné de ce qui était arrivé à notre famille. « La mort, ajouta-t-il, est une chose terrible. — Il ne s'agit pas d'une mort quelconque, mais d'un crime ! — C'est un très grand malheur en effet, nous répondit-il, plus grand qu'une mort naturelle. » Puis il se tut. Nous-mêmes, nous nous taisions, surpris par son silence qui se prolongeait et attendions ce qu'il allait nous dire.

Mais il ne disait toujours rien, comme s'il n'y avait plus rien à dire, comme si notre entretien était terminé.

Nous ne partions toujours pas. Il se mit alors à parler de mon père. Il évoquait sa rigueur, son sens de la justice. Le socialisme n'était pas une forme de charité, pas même de solidarité. C'était la reconnaissance d'un droit. De l'ensemble des droits qui permettent à l'homme d'être un homme. C'est pourquoi il avait fondé cette association pour la défense et la promotion des droits de l'homme. Ce projet avait d'abord une signification philosophique pour lui, il aurait dit « métaphysique » s'il avait cru à la métaphysique. Il signifiait que tout homme, de par le fait même qu'il existait, avait droit à la totalité des prérogatives qui définissent l'être humain.

J'avais maintenant le sentiment que, par une sorte d'instinct, il voulait nous parler de tout, sauf de ce pour quoi nous étions venus le trouver — de tout, sauf de l'affaire de mon gendre. Et c'est pour ça qu'il continuait à parler, et qu'il aurait continué encore longtemps sur ce qui avait été le but de toute sa vie si, au bord de l'exaspération, je n'avais jugé bon de l'interrompre : « Parmi tous ces droits, il y a celui à la sécurité des personnes, c'est-à-dire le droit de vivre, je suppose. — Bien sûr. — Et quand ce droit a été bafoué, quand il y a eu meurtre, le droit de la victime à la vérité, au respect de sa mémoire. »

J'avais peine à garder mon calme. Il me dévisagea longuement et finit par dire : « Que voulez-vous faire ? — La justice doit ouvrir une enquête pour rétablir la vérité ! — Oh, cher monsieur, c'est totalement impossible. Trop de choses seraient menacées. C'est une affaire d'État ! Je vais vous faire une confidence : des intérêts considérables, des intérêts nationaux, sont en jeu. — Les droits de l'homme, les droits d'un homme, c'est ce qu'on défend même contre l'État ! C'est le but de votre association ! »

C'est alors qu'il s'est emporté, il est devenu rouge, il agitait en tous sens ses petits bras de vieillard. « Quoi, vous voulez faire sauter la baraque ! »

Nous étions atterrés. Il s'est levé, nous sommes sortis à reculons.

Nous nous sommes adressés aux journaux — de notre bord, bien sûr ! Ils ne semblaient pas pressés de nous recevoir, quelque peu embarrassés, pour tout dire. Finalement, on nous a envoyé deux enquêteurs. Ils nous ont écoutés attentivement, avec sympathie. Avec une certaine réserve aussi. Il y avait des difficultés que nous n'apercevions pas aussi clairement que des gens du métier. Des morts — morts dans des conditions suspectes, malmenés, battus, torturés et puis assassinés —, il y en avait de plus en plus dans notre monde. Dans de multiples pays. Il était impossible de les mentionner tous. D'ouvrir une enquête sur chacun de ces cas innombrables. Eh oui, il fallait choisir ! Choisir parmi toutes ces victimes celles qui à un titre ou à un autre pouvaient passer pour exemplaires.

Or — ils avaient le regret de nous le dire —, Jean Dutheuil ne se rangeait pas vraiment dans cette catégorie. D'abord, les conditions de sa mort étaient mal établies, ou plutôt elles ne l'étaient pas du tout. La thèse du suicide était contestée, mais on n'avait pu fournir aucun argument décisif contre elle. Il n'y avait pas eu d'autopsie. Un journal à scandale avait bondi sur l'occasion pour monter une affaire contre le régime, mais il était attaqué en diffamation et, aux dernières nouvelles, il allait perdre son procès. De toute façon, il leur était difficile, à eux, de faire campagne avec un confrère aussi équivoque. Et d'ébranler un régime dont, quels que soient ses défauts, ils partageaient malgré tout les grandes orientations et les principes. Bref, c'était une question délicate.

Il y avait un autre problème sur lequel ils attiraient également notre attention. C'était celui de la banalisation. À force de dénoncer les crimes, les atrocités, les magouilles, les irrégularités de toute sorte, on allait fatalement contre le but poursuivi. Les esprits s'y habituaient, ils finissaient par trouver ça normal. Par un retournement singulier des choses, l'infamie risquerait de frapper uniquement Jean Dutheuil et sa famille, sa dénonciation ne servirait à rien d'autre qu'à l'humiliation des victimes. Ne valait-il pas mieux les laisser en paix ?

Et voilà, conclut François Nalié. Ils sont repartis tels qu'ils étaient venus. Ils avaient d'ailleurs raison au moins sur un point : l'exploitation de l'affaire par des adversaires politiques. Peu de temps après leur visite, ma fille a reçu un appel téléphonique d'une feuille de chou extrémiste spécialisée dans la dénonciation calomnieuse et qui, sous prétexte de démasquer le scandale, ne voulait rien d'autre que lui donner le plus de retentissement possible, c'est-à-dire nous atteindre une seconde fois, c'est vrai. Ma fille les a envoyés sur les roses. Il était impossible de faire autrement. Vous voyez, on est complètement coincés.

François Nalié a l'air profondément abattu. Je cherche à rompre le silence, à changer de conversation. Mais rien n'y fait. Nous retombons sur le sujet que nous voulons éviter. Comme si cette affaire n'était plus une affaire particulière — comme si, à la manière d'un tourbillon immense entraînant en lui tout ce qui s'efforcerait de surnager, elle s'étendait aux limites du monde, prête à l'engloutir tout entier !

— Il y a une autre chose qui me semble juste dans ce qu'ils m'ont dit, reprend François Nalié. C'est que nous sommes arrivés à un moment où la dénonciation elle-même ne sert plus à rien. D'abord, parce que ce qu'elle dénonce, la fripouillerie, l'escroquerie, les combines en tout genre et même le crime, ne choque plus personne. Précisément parce qu'on ne parle plus que de lui, le mal en est venu à constituer la chair de ce monde.

Et maintenant, on a franchi un pas de plus dans l'abomination. Le mal n'est pas seulement ce qui va de soi et n'étonne plus personne, mais quelque chose de pire encore : ce dont on a besoin, ce dont on ne peut se passer. Il est devenu l'objet de la délectation générale, le principal ressort de la jouissance de notre société. Regardez : plus un homme politique est reconnu coupable de malversations, de détournements, d'abus, plus il fait recette aujourd'hui. Les émissions où il paraît battent tous les records à l'Audimat. On se l'arrache. Être une fripouille n'empêche pas d'être député, maire, ministre, Premier ministre, Président, au contraire. C'est un argument de poids. Ce sera bientôt le principal argument. Les médias ne s'y trompent pas qui se jettent sur tout ce qui est ignoble. Plus il y a de morts dans une catastrophe, ou mieux : dans une tuerie généralisée, aveugle, ignoble, dans un génocide, plus le scoop sera sensationnel et vaudra cher. Les publicistes ont le flair pour ce genre d'émissions : c'est vers elles qu'ira tout l'argent.

Il est intarissable et je crois préférable de le laisser continuer. Je ne comprends que trop bien ce qui l'enferme dans sa rumination et l'empêche de dormir : qu'il vide donc son sac !

— Vous le voyez, la dénonciation du mal aujourd'hui est totalement intégrée au mal lui-même, elle en fait partie, elle le redouble, elle lui donne ses titres de noblesse, elle permet de l'étaler au grand jour, partout, de façon que chacun puisse en jouir librement et complètement. Vous en voulez la preuve ?

— Au point où nous en sommes, fis-je en riant.

Ma remarque amusée ne l'arrête pas.

— Savez-vous ce qu'on me dit lorsque j'ai le tort de parler encore de cette histoire qui commence à ennuyer tout le monde ? « Inutile de vous donner tant de peine pour dénoncer ce qui est arrivé — ce dont vous êtes, d'ailleurs, tout à fait incapable. Laissez faire les choses. L'affaire sortira lorsqu'une autre de ces fripouilles y trouvera son intérêt — pour torpiller un de ses concurrents ou pour se protéger de lui. » On m'a même laissé entendre que ce dossier avait déjà servi en coulisse pour en bloquer un autre, une histoire de faux passeport, je crois. Seul le mal, conclut-il, peut encore quelque chose pour nous : laissons-le se détruire lui-même.

Il cherche à lire sur mon visage l'effet de ses paroles. Il y a de la colère en lui, une sorte d'outrance volontaire et de provocation comme s'il attendait de moi que je mette fin au déferlement de ses démonstrations désespérées — de cette souffrance qui grandit démesurément et s'apprête à le terrasser.

Je fais de mon mieux :

— Je ne suis pas absolument convaincu, lui dis-je. Si puissant que soit le mal, vous lui accordez un peu trop d'importance. Vous minimisez le rôle de l'hypocrisie. Car enfin, si la corruption et le crime étaient les seuls acteurs du drame que nous vivons, pourquoi auraient-ils à se cacher ? Pourquoi dissimuler l'assassinat de Jean Dutheuil ? Comment la dénonciation de cet assassinat pourrait-elle bien être une menace ? Et pour qui ? Et puis, voyez-vous, il y a quelque chose qui me gêne dans l'attitude généralement adoptée devant ce meurtre...

J'allais ajouter : adoptée par vous-même et par votre famille. Je me retiens : il est déjà assez mal en point comme cela.

Il m'interroge du regard. J'en ai dit un peu trop. Tant pis, allons-y :

— Mais oui. Le fait de se taire, de renoncer à établir la vérité sur le crime suppose à la limite une complicité avec les assassins. S'il n'y a rien à faire ni à dire, c'est que c'est bien ainsi...

J'essaie de parler à voix basse. Mais, si basse que soit ma voix, elle est encore beaucoup trop forte. Je sais que ces paroles resteront gravées dans son esprit comme dans le mien. Au fait, les ai-je réellement prononcées ? Ont-elles franchi la limite de mes lèvres ou bien sont-elles restées en moi des pensées inexprimées, des oiseaux qui auraient eu honte de prendre leur envol ? Étaient-elles opportunes ? L'âme où de telles pensées se sont formées connaîtra-t-elle jamais la paix ?

— Quand les victimes deviennent les complices des bourreaux, c'est un temps dangereux qui s'annonce. Parce que alors ce sont les bourreaux qui ont raison. Leur crime est accepté et, par conséquent, justifié, les victimes n'ont que ce qu'elles méritent. Par leur silence, elles font l'aveu que tout est bien ainsi. Ce que veulent les assassins, les vrais assassins, les grands assassins, les procureurs des procès de Moscou ou les pourvoyeurs des camps, ce n'est pas seulement tuer, c'est que leurs crimes apparaissent légitimes et soient reconnus comme tels. Et ils ne peuvent l'être en fin de compte que par les victimes elles-mêmes. Qu'elles soient mauvaises et ignominieuses, marquées de quelque tare indélébile, d'abord, en sorte que leur élimination soit un bien, une sorte d'épuration. Et puis qu'elles reconnaissent elles-mêmes ce mal qui est en elles et qui légitime leur élimination, qu'elles reconnaissent la légitimité de tout le procès de leur destruction et de leur anéantissement ! Le meurtre dont elles sont en apparence les victimes n'est pas différent alors de leur propre suicide. Avec l'affaire Jean Dutheuil, c'est exactement de cela qu'il s'agit.

François Nalié lève sur moi un regard sans expression. Et puis il se passe la main sur le visage, semble reprendre conscience, de lui-même, de ma présence, de l'endroit où nous nous tenons.

— Ainsi, vous allez reprendre l'enquête ? Vous allez vous faire tuer !

— Je la poursuis secrètement.

— Cela ne servira à rien si, au bout du compte, vous ne pouvez dire la vérité que vous aurez découverte.

— Il suffira que celle-ci soit consignée quelque part.

Quand nous nous quittons sur le trottoir, il m'adresse un signe. Il semble hésiter un moment, revient vers moi et me serre dans ses bras.

13

Natacha avait cru que je lui proposais de retourner à la mer là où nous nous étions rencontrés. Quand elle apprit que je prévoyais un détour par Étraval, elle en fut fâchée.

— Toujours ce foutu métier !

Je lui explique pourquoi nous commençons par cette villégiature, au demeurant célèbre et plaisante. C'est là qu'habite la femme de chambre. À l'exception des assassins ou de leurs complices, elle est la seule personne à avoir vu le corps de Jean Dutheuil sur le lit de la chambre d'hôtel où ils l'avaient transporté.

— C'est indispensable ?

— Selon l'inspecteur de police qui a dissuadé Mme Dutheuil de revoir le corps de son mari, son visage était défiguré par un « retour de sang ». J'ai appris que ce soi-disant retour de sang n'existe pas, qu'en tout cas il n'est jamais la suite d'une intoxication par des barbituriques. Ce que je veux, c'est savoir à quoi ressemblait ce visage, s'il était réellement tuméfié et cramoisi.

— Pourquoi l'aurait-il été ?

— Au cas où Dutheuil se serait défendu et où ils auraient commencé par le frapper. Tu n'écoutes pas ce que je te dis !

— J'ai horreur de ces histoires.

On se dirige quand même vers Étraval. Il pleut sans arrêt. Sur de petites routes bombées et glissantes, nous traversons un paysage idyllique, malheureusement invisible ce matin-là. Nous roulons avec précaution, songeant à nos freins malades et à nos pneus usés.

À la fin de la matinée, on est à Étraval. L'horizon se découvre d'un coup. La mer vient battre les falaises et la digue. Les galets sont roulés dans un vacarme étourdissant. Des vagues escaladent le parapet ou bondissent à des hauteurs vertigineuses. Natacha rejette la tête en arrière, elle est heureuse comme une enfant.

— Bon. Ne te fais pas enlever par une lame. Je reviens bientôt.

Je trouve sans peine la maison de Mme Dughet. C'est une petite bâtisse charmante, avec des volets peints en bleu. Elle donne sur le front de mer.

Accueil difficile, soupçonneux. Elle non plus, elle ne veut plus entendre parler de cette affaire. C'est même pour ça qu'elle est partie. Tous ces journalistes, tous ces policiers, merci ! Elle a pris sa retraite deux ans plus tôt que prévu.

— Maintenant, je suis tranquille. Alors vous comprenez, monsieur, je suis désolée, mais je ne veux plus recevoir personne.

Son mari apparaît dans le couloir. Par quelque manière imperceptible de bouger les épaules, il me signifie qu'il les a larges.

Je parle avec une extrême courtoisie. Excellente méthode, je l'ai déjà dit, qui réussit dans les rencontres périlleuses aussi bien que lorsqu'on s'adresse à une jolie femme.

— Je comprends, je comprends parfaitement, je serai très bref. Mais c'est malheureusement indispensable.

Regards croisés sur ma carte. Joyeux ! Je laisse entendre une fois de plus qu'il ne s'agit pas de la police ordinaire...

Je pénètre dans une petite pièce, la salle à manger, hideuse et touchante. Le vent lui donne cependant un air de cabine de navire.

— Vous êtes la première personne à avoir été en présence du cadavre. C'est pour ça que c'est si important.

— Les policiers aussi ont dû l'examiner.

— Il paraît que son visage était très abîmé, il portait des ecchymoses, comme des taches de sang sous la peau, la chair était tuméfiée. Décrivez-moi exactement ce que vous avez vu.

— Eh bien oui, monsieur, il était comme vous dites. Le visage était gonflé, noirci. Les cernes des yeux, monsieur ! C'est eux qui étaient tout noirs. Ils occupaient toute la figure.

141

— Les lèvres ?

— L'une d'elles avait éclaté.

— Y avait-il du sang ?

— Du sang séché. La moitié de la joue en était couverte.

— Alors, expliquez-moi comment ça s'est passé pour vous ce matin-là. Par quelle chambre commencez-vous votre travail ?

— Par le haut. Je frappe. Si personne ne répond, j'ouvre avec le passe. Si les affaires sont encore là, je vais à la suivante, jusqu'à ce que j'en trouve une libérée pour de bon. Depuis quarante ans, monsieur, c'est comme ça que je fais !

Oh, monsieur ! Si vous saviez ce qui arrive quelquefois ! J'ose à peine le dire. Un jour, c'était pas à Noulhans, c'était à la montagne. Un grand hôtel d'ailleurs. J'apportais le plateau du petit déjeuner. Vous vous rendez compte, toute la matinée monter et descendre les étages avec le petit déjeuner ! Heureusement, maintenant, ça ne se fait plus. J'apporte donc le plateau. On dit : « Entrez. » J'entre. Monsieur ! Deux lesbiennes étaient en train de faire l'amour. Moi, je recule horrifiée vers la porte. « Posez ça sur la table ! » C'était celle qui était en dessous. Et un ton ! Je voyais son visage à travers le coude de celle qui s'agitait au-dessus. Elles continuaient leur manège sans s'occuper de moi. Quel culot, ces bonnes femmes ! Les riches, elles sont encore plus dévergondées que les pauvres. Autrefois j'étais jeune, c'était pire. Il y avait des voyageurs de commerce, quand ils me voyaient, ils sortaient un billet de leur poche, ils croyaient que j'allais les rejoindre dans le lit ! Quel métier, monsieur ! Mon mari était jaloux. C'est terrible la jalousie, ça rend les gens fous. La vie était devenue impossible. Alors je lui ai dit : « Tu cesses ou je te quitte ! » Heureusement il a compris. Comment lui en vouloir, d'ailleurs ! Les clients, ils nous prenaient carrément pour des prostituées. Et puis toute cette promiscuité avec des gens qu'on ne connaît pas, on travaille dans une pièce où il y a encore leur odeur. Si vous saviez comme c'est humiliant de nettoyer les toilettes des autres ! Je ne parle pas de ceux qui s'essuient les chaussures avec les rideaux. Après, c'est vous qui êtes responsable. Tout ça pour vous dire que, quand il y a eu le cadavre à l'hôtel des Deux-Rives, je suis partie immédiatement. Depuis, mon mari et moi, on est heureux.

À travers la porte vitrée, je vois l'ombre du mari qui passe et repasse. Il doit avoir des pantoufles, je n'entends absolument rien.

— Vous pensez qu'il s'était battu, le type de l'hôtel ? On lui avait cassé la figure ?

— Oh oui, monsieur, ça m'avait tout l'air d'être quelque chose comme ça.

— On m'a dit que le corps était nu.

— Il était nu. En le voyant, j'ai reçu un choc. Le journal a suggéré que c'était une affaire louche. C'est ça qui m'a fait penser à ces lesbiennes et à tout le reste.

— Y avait-il des vêtements près du corps, sur une chaise, dans le placard ? Des chaussures ?

— Non, monsieur, la pièce était vide. Et vous savez, j'étais épouvantée par le corps et je suis ressortie tout de suite.

— Si le placard avait été ouvert et s'il y avait eu des vêtements accrochés à l'intérieur, les auriez-vous remarqués ?

— Je ne sais pas.

— Y avait-il des affaires dans la salle de bains ?

— Je n'y suis pas entrée.

— Avez-vous vu une montre, sur la table de nuit, par exemple ?

— Une montre ? Non.

— Êtes-vous retournée à la chambre dans la matinée ?

— Il y avait un policier devant la porte. Elle était fermée.

— Quand avez-vous quitté l'hôtel définitivement ?

— Le jour même. J'ai téléphoné à mon mari. Il est venu me chercher, on est partis.

— Ici, vous êtes contente ?

— Oh oui, monsieur ! On mange du poisson frais.

À l'autre bout de la digue, j'aperçois Natacha. Elle a une façon de marcher qu'on imite malgré soi. À chaque enjambée, son torse monte et descend avec la souplesse d'une frondaison oscillant sous la brise. Une force la traverse, quelque rythme cosmique dont on ne décèle la présence que sur certains corps privilégiés — le sien, celui d'un oiseau glissant dans la tempête avec d'imperceptibles mouvements d'ailes.

Nous reprenons notre montée vers le nord. La plage est telle que nous l'avons laissée il y a deux ans, déserte, infinie. Natacha se serre contre moi avec une telle violence qu'il n'est plus possible d'avancer. Nous restons là, à même le sable, enfoncés l'un dans l'autre, hors du temps. Elle se met à sangloter, je la serre de toutes mes forces pour immobiliser son corps tremblant. Finalement, elle s'apaise. Un grain est passé sur nous sans que nous y prenions garde. Nous sommes trempés.

— Allons jusqu'au cap.

La mer se retire. Nous contournons les bâches remplies à ras bord, cherchant les passages où le sol n'est pas trop mouillé. Des bancs de sable se découvrent au fur et à mesure de notre progression. Natacha n'abandonne pas ma main, elle y enfonce ses ongles à la faire saigner. Nous sommes parvenus au bout de la plage sans le moindre effort. Commence l'escalade des roches encore luisantes d'eau et de pluie.

— Attention ! Tu vas glisser comme l'autre fois ! s'écrie Natacha en s'efforçant de me retenir.

— Tu sais, je l'avais fait exprès.

Natacha rit, elle s'abandonne à son rire, elle est submergée par lui et ne s'arrête que prise d'une quinte de toux.

— Ce que les hommes sont naïfs ! Tu t'imagines que je ne le savais pas, que tu le faisais exprès !

— Ah bon.

— C'est même moi qui t'avais entraîné vers ces rochers. Je me disais : il va certainement chercher à s'accrocher à moi.

Elle recommence à rire.

— Ce sont toujours les femmes qui décident...

— Bien sûr. J'avais une copine qui disait : Il suffit de mettre un pantalon pour que les hommes aient envie de coucher avec vous.

— Coucher... bien sûr. Mais il y a quelque chose de plus entre nous, n'est-ce pas ?

— Oh oui : je suis ta petite amie.

Elle me fixe dans les yeux sans ciller, comme lorsqu'elle veut me séduire. Mais cette fois, il s'agit d'autre chose.

— Que veux-tu dire ?

— Rien.

— On en reparle ce soir ?

— On reste ? Où ?

— On va trouver un endroit.

C'est une auberge au bout du village, miraculeusement ouverte en cette saison.

— Dame, on pêche toute l'année, alors on travaille tout le temps.

La tempête a repris. Dans la chambre, tout craque. Natacha extirpe de la valise sa robe du soir la plus sexy. Elle s'est mis du noir aux yeux. C'est le grand jeu.

En bas, on n'a pas l'air étonné par la mise de la cliente. On nous apporte des bougies en même temps que les crevettes.

— Il y a quelque chose qui me chiffonne un peu. Tu as dit que tu étais ma petite amie.

— C'est exact. Je sais bien que tu dis « ma grande amie ». Mais c'est pareil, non ?

Nous ne nous quittons plus des yeux. J'essaie même de placer ma cheville contre la sienne, mais elle se dérobe.

— Tu vois, Natacha, je voudrais bien que nous parlions de nos relations.

— Qu'attends-tu de moi ?

— Tout.

— C'est-à-dire ?

— Euh... Je voudrais vivre avec toi toujours.

— Ah ? Tu ne me l'as jamais demandé.

— C'est que, d'une part, j'étais fauché, d'autre part, tu es bien plus jeune que moi...

— Ce sont des prétextes.

— Ce ne sont pas des obstacles à tes yeux ?

— Tu sais parfaitement que non !

— Eh bien... J'y pense depuis longtemps... Veux-tu qu'on se marie ?

Elle pique une crevette et la fait craquer entre ses dents. Elle la déguste lentement. Les crevettes qui viennent d'être pêchées, ça a un goût inimitable. Pourtant, Natacha n'a pas l'air de sentir ce qui se passe dans sa bouche. Elle regarde obstinément ailleurs. Enfin, elle dit :

— À une condition.

— Ah ?

— Que tu changes de métier.

Sacrée petite garce ! Elle a goupillé son coup.

Tout le scénario de l'après-midi me revient en mémoire. Et ça remonte à beaucoup plus loin. De toute façon, lutter avec elle sur quelque plan que ce soit m'a toujours procuré le plus grand plaisir. C'est pour ça que j'ai envie de vivre avec elle.

— Tu sais bien que si je fais ce putain de boulot, ce n'est pas pour mon plaisir ! Ce n'est pas rigolo d'attendre dans le froid qu'un abruti ou une pouffiasse quelconques ait fini de tirer son coup. Ça dure souvent des heures !

— Et moi, est-ce que je n'attends pas ? Tu crois que c'est marrant de guetter les bruits chaque soir, pour savoir si c'est enfin toi ? Ou un coup de téléphone du commissaire : « Il faut que vous veniez tout de suite, madame, on a découvert le cadavre de votre mari dans un hôtel... ! Je ne peux pas vous en dire davantage, il faut que vous veniez » — comme pour ton Dutheuil, hein ? Très peu pour moi, tu comprends ?

Elle a les larmes aux yeux.

— Je sais, tu prétends qu'une fille dont le type ne fait rien finit toujours par le quitter. Une fille, pas sa femme ! Là est la différence, le « plus », si tu vois ce que je veux dire ?

— Bien sûr.

— D'ailleurs, tu pourrais faire autre chose. Pourquoi n'entrerais-tu pas dans l'enseignement ? Tu m'as déclaré toi-même qu'ils prenaient n'importe qui.

Cette fois, je me mets à rire. Ça va mieux ! Elle me file un coup de pied sous la table.

— Ne fais pas l'idiot, tu as des titres, d'ailleurs !

— Tu te souviens de mon copain Mario ? Figure-toi que je l'ai rencontré avant-hier, tout près de chez nous. Tu vois le lycée qui fait le coin de la rue et de l'avenue...

— Je passe devant tous les jours, tu sais, mon chéri.

— C'est là qu'il est prof maintenant. Il a dû changer d'établissement. Après avoir pris un congé de maladie de trois mois. Un ulcère à l'estomac. Il s'agit d'une forme de dépression comme une autre.

— Et pourquoi a-t-il été malade ?

— Il y a un an qu'il est entré dans ce brillant métier, n'ayant rien trouvé d'autre, c'est vrai. Avant même qu'il commence son service, le protal l'avait appelé. Il lui a expliqué que, évidemment, ce n'était pas un établissement particulièrement reluisant — ce n'était pas dans le XVIe.

« Vous allez voir, lui a-t-il dit. Dès la première heure, un certain nombre d'élèves vous demanderont la permission de sortir pour aller aux toilettes. En fait, ils vont se droguer. Vous n'avez pas à le savoir. Vous donnez l'autorisation et, quand ils reviennent, vous ne vous apercevez de rien. »

« Ils revenaient tout pâles, disait Mario. Ils se droguent avec n'importe quoi. Avec des produits dégueulasses. Les parents ne savent rien ou font semblant de ne pas savoir, les surveillants non plus. »

Et puis un jour, ça s'est mal passé. Un type — une grande gueule — s'est installé au premier rang, il a déployé un journal sportif en le tenant ouvert très haut, entre Mario et le reste de la classe, de façon que le prof ne puisse plus voir les élèves. Mario lui a demandé poliment de refermer son journal ou d'aller lire au fond de la classe.

« Tu veux qu'on sorte ! Alors, on se dégonfle, petite merde ! »

Mario, c'est un type très malin, très habile, ne prenant jamais les potaches de front. Mais cette fois, il n'a su que faire. Finalement il est sorti, non pour se battre mais pour aller voir le proviseur et lui laisser le soin de régler l'affaire.

« Vous êtes un piètre pédagogue, mon ami ! Aujourd'hui, voyez-vous, nous n'avons pas besoin de professeurs avec des tas de connaissances abstraites — mais de pédagogues, de bons pédagogues. »

Mario est allé voir un médecin pour faire comme les autres, pour se tirer de là le plus longtemps possible. Seulement voilà, le médecin a découvert un véritable ulcère. Après son congé, on lui a donné un poste un peu moins éprouvant. C'est comme ça que je suis tombé sur lui par hasard l'autre jour.

Tu comprends, Natacha ma chérie, l'enseignement a beaucoup évolué. Rien de comparable à ce petit coin bien peinard à l'usage des planqués du régime, là où tu travailles. Avec secrétaires, conférences, colloques à l'étranger, voyages aux frais de la princesse, interviews à la presse.

Mario, il a une copine qui fait le même boulot que lui, au nord de Paris. Dans sa classe, il n'y a pas un Français. Elle n'est pas raciste mais, aucun de ses élèves ne parlant français, il faut vraiment être très pédagogue pour réussir. Il en connaît une autre qui enseigne dans l'ouest de Paris, un beau quartier. Elle, elle a de grands élèves, une classe à bac. Il y a toujours un premier rang occupé par des jeunes gens qui désirent s'instruire. Au fond, les élèves tournent carrément le dos au professeur — ils se répartissent en différents groupes, installés autour d'une table. De temps à autre, une bande disparaît pendant le cours, pour réapparaître en fin d'après-midi, ou le lendemain.

Un jour, la copine de Mario en voit un qui s'approche de son bureau. « Hier, on est allés faire un tour, ça a mal tourné. Mais personne n'a à le savoir. C'est bien compris, mignonne ? Si jamais on te posait des questions... » Il sort son couteau et le pointe délicatement sur le ventre de la prof.

— Ça va jusque-là ?

— Évidemment, on ne montre pas ça à la télé. À la télé, tu vois les copains du régime, ceux de l'IRS et tutti quanti.

Soudain, je m'en veux de parler de tout ça.

— Écoute, ne nous gâchons pas la vie avec ces histoires. Bouffons nos langoustes. Puisque tu le souhaites, je changerai de job.

Nous dégustons nos langoustes.

— C'est vrai qu'il y a longtemps que tu songes à m'épouser ?

— Au fond, depuis que je t'ai vue, depuis que tu as levé ta jambe sur cette plage...

— Eh bien moi, il y a longtemps que je pense à quelque chose.

Je retire de ma bouche une patte de crustacé pour mieux concentrer mon attention.

— Pourquoi tu n'écrirais pas tout ça ? Ce serait formidable, non ? Tu gagnerais autant d'argent et peut-être même beaucoup plus. Tu n'aurais pas froid aux pieds. Et ce serait moins dangereux.

Elle réfléchit.

— Si tu tires un coup de revolver dans un roman, ça ne tue personne. Et même si on te tire dessus, tu ne risques rien !

Je garde difficilement mon sérieux.

— En plus, ajouté-je, ça ne fait aucun bruit : pas besoin de mettre un silencieux !

— Tu te fiches de moi !

— Les auteurs de romans policiers dont les gangsters placent des silencieux sur leur fusil pour tuer sans se faire remarquer, ils n'y connaissent rien, ils sont complètement nuls !

— Tu te fiches toujours de moi...

— Pas du tout. Ta remarque est judicieuse. Spinoza pense la même chose.

— Qu'est-ce qu'il dit, Spinoza ?

— Il dit que, lorsque dans un roman il y a un chien qui aboie, eh bien, c'est comme tes coups de fusil, ça ne fait absolument aucun bruit !

— Dis donc, toi... Tu ne vas pas me faire croire que Spinoza a parlé des romans policiers, non ?

— Il en a écrit plusieurs...

— Assez !

Quand Natacha est amoureuse, elle accepte de danser pour moi. Elle commence par le numéro qui me laisse pantois. La jambe gauche jaillit d'un coup jusqu'au plafond. Si elle me fait face, la jupe ondule lentement le long de cette droite parfaite qu'a tracée son mouvement instantané. Et puis, si ma supplique est entendue, elle pivote d'un quart de tour et c'est sur moi que se dresse la jambe miraculée. Commence alors, à mon usage personnel, un défilé de mode de sous-vêtements féminins. Culotte de coton blanc, dite « paysanne russe », toute simple mais non sans mérite s'il s'agit de mettre en valeur la couleur nacrée de la peau. Très vite, ce sont les dentelles, les soies transparentes et ajourées. Quand le défilé de présentation se termine, à peine ai-je le temps d'apercevoir, sur le triangle noir conçu par le plus génial des artistes, comme sur une plage incendiée par le couchant, l'éclat pâle et rose d'un coquillage magique. Natacha touche son corps et tend à mes lèvres ses doigts mouillés.

14

Le lendemain de notre retour, l'Agence appelle.
Tiens ! Je les avais complètement oubliés, ceux-là !
C'est la secrétaire, de la part du patron. Il voudrait
savoir où j'en suis.

— Est-ce qu'il désire me voir aujourd'hui ?

— Non, d'ici une dizaine de jours. Rien ne
presse. C'est seulement pour faire le point.

Où j'en suis ? À vrai dire, je tourne en rond. Ce
que j'apprends, comme à Étraval l'autre jour,
confirme ce que je pense mais ne me fait pas pro-
gresser d'un pas. Ce sont bien des preuves, des
témoignages possibles, mais, comme il n'y a pas
d'enquête, sinon la mienne, vouée à demeurer dans
l'ombre, ça ne sert pas à grand-chose. Bien sûr, je
pourrais m'arrêter là, remettre un rapport négatif
— celui que tout le monde attend. Et pourtant, ne
serait-ce que pour me faire payer correctement, il
faudrait que j'en sache un peu plus. Des choses que
je ne dirais pas, mais dont je laisserais comprendre

que je les connais. S'ils désirent vraiment que l'affaire cesse, ils se montreront plus généreux.

Je pense tout à coup à Irène de Thirvault. Elle aussi, je l'avais complètement oubliée. Je me rends compte que j'ai négligé cette piste avec une certaine légèreté. Dans la mesure où Mme Dutheuil et les Nalié ne veulent plus rien dire et regrettent peut-être d'avoir trop parlé, elle seule peut encore mener quelque part.

Une fois passée la porte qui tourne lentement sur elle-même, je retrouve cette ambiance qui m'est si étrangère. Il y a quelque chose d'insolite dans cette impersonnalité délibérée. Mais j'apprécie de moins en moins ces lieux vides, leur silence que nul n'entend. Où êtes-vous, plages du Nord balayées par les vents, emplies du grondement de la mer !

Une jeune femme se tient à la réception. Comme je me dirige vers les fauteuils du hall qui forme une sorte de salon d'attente mais où on a l'impression que personne ne se rencontre jamais, la jeune femme devant laquelle je suis passé sans la voir se lève et vient vers moi.

— Vous désirez ?

— J'attends quelqu'un.

Je sors un journal financier de ma poche et me plonge dans sa lecture. Elle hésite et va reprendre sa place.

De temps en temps, elle me jette un coup d'œil soupçonneux. Je me suis habillé de telle façon que j'ai l'air de faire partie des gens du sérail, comme dirait Marie Nalié. Elle n'ose intervenir.

C'est la fin de la journée, mais ces hauts fonctionnaires et autres directeurs qui ont leurs bureaux ici ne sont pas des prolos : ils travaillent beaucoup plus. Enfin, à partir de sept heures, certains commencent à se montrer. Ils passent rapidement, sans prêter attention à ma personne. Par précaution, je dissimule mon visage derrière mon journal. Et l'attente se prolonge. Beaucoup de gens sont partis, toujours pas d'Irène. Pourvu qu'elle sorte par ici. Je commence à m'inquiéter. Enfin, la voilà. Je la reconnais de loin à son allure. Une certaine allure, d'ailleurs : elle ne ressemble pas à une secrétaire de troisième catégorie ! Fardée comme si elle allait à l'Opéra, la robe vient de chez un couturier. Je me cache à nouveau.

Je quitte le somptueux immeuble derrière elle, à distance respectueuse. Ni trop près, afin de n'être pas remarqué, ni trop loin, de peur de la perdre.

À ma grande surprise, elle ne gagne pas le parking tout proche — auquel cas j'avais prévu de m'asseoir dans sa voiture à côté d'elle —, mais se dirige sans hâte excessive vers le métro. Il est comble. Dans cette foule, même une femme aussi élégante passe inaperçue. Ma tâche est facile. Et puis la voilà qui prend le RER. Elle monte au deuxième étage d'une de ces voitures où l'on s'efforce d'entasser le plus de monde possible. Heureux hasard : deux sièges sont encore libres, vers lesquels elle se dirige rapidement. Elle prend place à côté de la vitre, et moi à côté d'elle. Je tourne la tête vers le couloir. Elle ne m'a pas reconnu.

Tout à coup, malgré le vacarme du train et son roulis, je sens une modification se produire dans l'âme de ma voisine. C'est comme si on versait du citron sur une huître. Je perçois la contraction de tout son être.

Quelle chose étrange, ce phénomène de télépathie ! Un philosophe fantaisiste a écrit une thèse sur la vision non rétinienne. Il prétend qu'on ne voit pas seulement avec les yeux, mais avec tout le corps, avec le dos aussi. Et de fait, combien de fois ne m'est-il pas arrivé dans le métro, précisément, d'éprouver que quelqu'un derrière moi me regardait. Dès que je me retournais, je voyais le visage d'une femme se détourner et fixer son attention ailleurs. Et elle, dont le regard se perdait au loin, elle savait que c'était moi maintenant qui la regardais, elle savait que j'avais senti son regard se poser sur ma nuque avant de me retourner brusquement vers elle. Elle avait perçu mon intention, ce qui lui avait permis de se détourner elle-même avant que je l'aperçoive en train de me regarder. Nos regards ne s'étaient jamais croisés, et pourtant nous savions tout l'un de l'autre, en tout cas de nos déplacements de tête respectifs.

Cette situation singulière avait souvent d'heureuses conséquences. Lorsque la voyageuse descendait, je la suivais et, au moment de lui adresser la parole, la prise de contact se déroulait sans trop de difficulté.

Elle avait beau dire : « Mais, monsieur, je ne vous connais pas ! » J'enchaînais : « Mais si... mais si... C'est moi que vous regardiez dans le wagon, moi, enfin mon dos. Quand je m'en suis aperçu, je me suis retourné vers vous. Mais vous, vous vous êtes vous-même détournée immédiatement, etc. »

J'examinais rapidement la mine de mon interlocutrice, partagée entre des sentiments divers, et, si elle était jolie, poursuivais sur le même ton : « Vous le voyez, nous nous connaissons déjà. Je me demande même si nous ne nous connaissions pas avant cette rencontre imprévue.

— Certainement pas !

— Platon explique pourtant que, lorsque deux êtres entrent en relation comme nous venons de le faire, c'est parce qu'ils se sont déjà rencontrés dans un autre monde. Sans quoi, ils ne pourraient pas se reconnaître, n'est-ce pas ? »

Méfiance et inquiétude s'emparaient de la jeune femme plus ou moins interloquée.

« C'est bien parce que vous me connaissiez déjà que vous m'avez regardé et reconnu sans même voir mon visage ; vous vous rendez compte : sans même voir mon visage ! Et c'est pour la même raison que j'ai perçu votre présence et su que c'était vous, sans vous avoir vue moi non plus. Extraordinaire, n'est-ce pas ?

— Vous êtes complètement fou !

— C'est difficile à dire... moi, passe encore, mais Platon ? Vous n'allez tout de même pas soutenir que Platon, le fondateur de la pensée occidentale, qui est la vôtre aussi bien que la mienne, avait perdu la raison ! »

Plusieurs de mes aventures de jeunesse ont commencé de cette manière plaisante. Ce qui ne les a pas empêchées de se terminer le plus souvent fort mal ! Platon, Platon, pourquoi nous as-tu abandonnés ?

Étrangère au cours de mes pensées, Mme Irène de Thirvault n'a pas l'air d'apprécier ma présence imprévue auprès d'elle. Comme la voyageuse de ma jeunesse, elle a détourné la tête et, à travers la vitre, elle fixe un point invisible dans la nuit. Je regarde la nuit, moi aussi. C'est à peine si parfois des lumières s'allongent comme des étoiles filantes, trouant la muraille noire. Qu'est-ce qu'elle peut bien penser ? Elle se tait et je fais de même.

Enfin, le direct ralentit. Elle se lève et, quand le train s'immobilise, je la rejoins sur le quai. Elle hésite, semble chercher sa direction, se dirige vers la passerelle qui enjambe les voies et permet de gagner la sortie opposée. Je suis sur ses talons. Elle se met à courir. Dans un passage plus sombre, je bute sur une marche et tombe sur le genou avec une telle violence que j'éprouve une vive douleur. Pourvu que mon pantalon ne soit pas déchiré ! Je la rejoins d'un bond, saisis un poignet qui s'agite désespérément dans le vide pour m'échapper. Je le serre plus fort, le tords légèrement, immobilise la coureuse.

Elle est furieuse.

— Lâchez-moi ou je crie !

160

— Gardez-vous-en bien ! Ce serait aussi gênant pour vous que pour moi. Vous voyez là-bas le café éclairé. Nous allons nous y rendre comme de bons amis. J'ai deux ou trois questions à vous poser. Ensuite, vous serez libre. Vous n'avez rien à craindre.

Nous nous dévisageons dans l'ombre. Je lâche doucement son poignet. Elle me suit.

Je l'installe avec les manières d'un type de son milieu, avance sa chaise, jette le même regard qu'elle sur ce café de banlieue. Elle ne veut rien prendre, je commande quand même deux consommations.

— Vous vous êtes moquée de moi, lui dis-je gentiment. Vous connaissiez très bien Dutheuil et saviez parfaitement ce qu'il faisait depuis qu'il avait quitté provisoirement la direction de son service, qui était aussi le vôtre.

— Bon. Et alors ?

— Alors... vous deviez me le dire.

— À quoi bon, si vous le savez vous-même !

— C'est qu'il y a maintenant deux orphelins, une veuve, des amis bouleversés, une dépression nerveuse. Sans parler de la hantise de ne pas savoir, de ne jamais savoir.

— Qu'y puis-je ?

— C'est très simple, vous me donnez les quelques renseignements que je suis venu vous demander.

— Vous êtes chargé de rouvrir une enquête ?

— Plutôt de fermer le dossier.

Elle me regarde avec attention.

— S'il s'agit de le fermer, il n'y a qu'à rentrer chacun chez soi et ne plus y penser.

— Un dossier, vous savez, ça doit se terminer par une dernière phrase, et même un semblant de conclusion, avant qu'on tire le trait final.

— Que voulez-vous savoir ?

— Pourquoi on a tué Dutheuil.

Elle ne bronche pas.

— Au fond, poursuivis-je, il y a deux possibilités.

Son intérêt est tel que je juge opportun de ménager une pause. J'en profite pour jeter un coup d'œil à travers la vitre. La place est sinistre. Les derniers voyageurs se sont évanouis dans la nuit. Seuls les feux des voitures continuent leur ronde.

— Évidemment, de l'argent comme celui-là, qui devait transiter par Londres, crée une situation très particulière. Il a beau avoir été gagné honnêtement par les entreprises (je retiens une envie de rire), à partir du moment où il est empilé sous forme de liasses dans des valises qui sont aux mains de ceux qui les portent, cet argent a perdu toute légitimité. Son origine est inavouable, sa destination secrète. C'est comme de l'argent mafieux.

Je refais à peu près le topo de Joyeux...

Elle reste impassible. Je ne puis m'empêcher de penser à son attitude lors de notre premier entretien. C'est dans son métier, auprès de ses P.-D.G., qu'elle a dû apprendre à se tenir avec cette raideur qui passe pour de la distinction.

— Ceux qui transportent les valises ne sont guère mieux lotis ! Ils sont entrés dans un univers dangereux, celui du soupçon et de la tentation à la fois. Tant d'argent à portée de la main, n'avoir qu'à presser sur un bouton pour faire glisser quelques liasses !... qui manqueront à l'arrivée, évidemment. Les gens qui manipulent l'argent de la drogue affrontent une possibilité vertigineuse. C'est pourquoi on en récupère de temps à autre ficelés dans un sac, au fond d'un coffre de voiture ou d'un étang.

Je marque un nouveau temps d'arrêt. Ses lèvres sont immobiles, ses doigts se serrent légèrement sur la poitrine. Entre les deux pans de son manteau, j'aperçois un rose délicieux, aussi délicat que le gris de la première fois — et toujours l'éclat de la croix d'or !

— Dutheuil, lui, si on y réfléchit, se trouvait dans une situation beaucoup plus délicate encore. Il avait bien trimbalé quelques valises, lui aussi. Mais enfin, la plupart étaient confiées à des tiers. Seulement voilà : toutes ces liasses de billets, il les avait comptées soigneusement ; le nombre exact figurait quelque part sur son calepin, je suppose.

Elle est toujours immobile, les paupières mi-closes, comme lorsqu'on écoute de la musique. Son attention n'a pas faibli.

— Alors oui, je disais, il y a deux possibilités. Ou bien Dutheuil a puisé dans la caisse et on l'a liquidé pour cela — comme un vulgaire passeur de drogue. Ou bien...

J'absorbe mon tonic à petites gorgées.

— Vous ne buvez pas ?

Vague signe de dénégation.

— Ou bien, trésorier méticuleux, il s'est aperçu qu'entre le départ de l'argent à l'étranger et son retour, il y avait une différence. Qu'en pensez-vous ?

— Aucune idée.

Je hausse le ton :

— Vous n'allez tout de même pas me faire croire que vous ne vous êtes jamais demandé pourquoi Dutheuil était mort ?

— Est-ce un endroit pour parler de tout cela ?

C'est vrai. Le café est presque vide. Le patron et les quelques éthyliques qui l'entourent et restent là sans mot dire ont l'air de s'intéresser à nous.

— Et maintenant, fait-elle avec humeur, je me demande comment je vais rentrer chez moi ! Il n'y a jamais de taxis ici.

— Ne vous inquiétez pas, vous avez un garde du corps. Je vous raccompagne.

La nuit est calme. Dès que nous nous éloignons de la gare, les avenues sont désertes. Il fait presque doux. Nous marchons à pas lents sans rien dire. Il y a banlieue et banlieue. Je distingue des immeubles de grand luxe. Celui devant lequel elle s'arrête notamment.

Au moment où je prends congé, tout en m'efforçant d'obtenir un rendez-vous, elle me saisit brusquement la main et m'entraîne derrière elle jusqu'à un hall illuminé.

— Faisons vite !

L'appartement dans lequel nous pénétrons accroît ma surprise. Impression immédiate d'harmonie à la vue d'une très vaste pièce.

— Je vous laisse un instant.

Je cherche à analyser cette sensation de bien-être qui me fait apercevoir Irène sous un autre aspect. Rien ici ne vient altérer la pureté de l'espace. Fauteuils et canapés design très bas, aussi clairs que la moquette. Statues posées à même le sol. Meubles extraordinaires — bahut et armoires baroques, portugais, me semble-t-il — disposés le long des murs en alternance avec des tableaux anciens aux couleurs étonnamment vives. De la peinture sur bois sans doute. Il y a aussi des gravures claires. Je m'approche : un dessin de Degas. Fichtre ! D'autres esquisses du même genre.

Elle revient avec du malt dont elle me sert abondamment. Que ce flacon-là vienne de l'aéroport de Londres, voilà qui ne m'étonnerait pas outre mesure.

Une force d'éveil lutte en moi contre cette chaleur qui me gagne insensiblement. Une sorte d'inquiétude, ou plutôt le sentiment que je suis au cœur du mystère qui va se découvrir à mes yeux émerveillés.

Ce qui se produit n'est pas tout à fait ce que j'imaginais. Elle s'est placée derrière mon fauteuil, à genoux, je suppose, pour être à ma hauteur. J'attends ce qu'elle va dire. Mais non : sa main parcourt mon épaule, défait sans hâte ma cravate, déboutonne ma chemise et glisse contre ma peau.

Je me retourne, stupéfait. Elle pose ses lèvres sur les miennes.

15

Il doit être minuit quand elle me propose de prendre quelque chose. Elle me tend une sorte de peignoir de bain. Je la rejoins dans une pièce toute blanche elle aussi, devant une assiette de saumon. Elle débouche du champagne.

— Vous n'avez rien contre ?

Je passe avec regret du monde de l'amour à celui de l'investigation policière. Me levant plusieurs fois pour ménager cette transition, je baise sa nuque en la mordillant avec ferveur.

Elle se dégage sans hâte. C'est elle qui parle la première :

— Je crois que vous avez raison. De l'argent s'est évanoui quelque part et c'est la cause du drame.

— À mon avis, dis-je, ce n'est pas Dutheuil qui a pris l'argent. S'il l'avait fait, comme c'était lui aussi qui tenait les comptes, personne ne l'aurait remarqué. Mais si c'en sont d'autres qui ont détourné les fonds, alors lui, il s'en est aperçu. Et s'il s'en est aperçu, il l'a sans doute dit. Et s'il l'a dit...

Ses yeux, qui ont la couleur d'un vieux poêle de faïence allemand, sont posés sur moi. Ils ont l'attention extrême, l'intensité, la fixité inquiétantes de ceux d'un oiseau. Pourtant elle me sourit.

— S'il l'a dit... ?

— S'il l'a dit, il s'est placé en danger de mort.

Elle a baissé les yeux, elle étend la main sur la nappe, prend la mienne et la serre, avant de la porter à ses lèvres.

— Je crois que tu as raison... Jure-moi de ne jamais répéter ce que je vais te confier.

Nous nous regardons très longuement. Un pli se forme aux coins de ses lèvres. Je me lève à nouveau.

— Écoute... Il y a quelques semaines de cela, j'étais allée voir le P.-D.G. dans son bureau. Ce bureau est précédé par un salon où se tient une secrétaire chargée d'introduire les visiteurs par la grande porte. Sur le côté, permettant d'accéder directement au bureau, il y a un passage réservé aux collaborateurs immédiats. Cet après-midi-là, je me préparais à entrer par là quand j'entends... une dispute à voix haute — un éclat tout à fait inhabituel en ces lieux. Puis ce furent des cris. Je m'étais réfugiée au fond du petit couloir et, à la place que j'occupais, il m'était impossible de bouger. Repasser devant la porte latérale, c'était prendre le risque de me faire voir. Je suis restée coincée là tout le temps de l'incident.

J'ai reconnu la voix de Dutheuil : « Si vous croyez que je vais porter le chapeau, vous vous trompez ! »

Puis une autre voix qui tentait de le calmer, celle du patron.

Un troisième personnage, vociférant comme lui, tenait tête à Dutheuil : « Vous n'avez pas à vous occuper de ça, ce n'est pas votre affaire !

— Comment, ce n'est pas mon affaire ! Je suis chargé de récolter les fonds et j'en ai la responsabilité. »

L'autre alors a explosé : « Votre fric, c'est celui des putains ! »

Dutheuil hurlait : « Et alors ! Qu'il vienne des putains ou d'ailleurs, il est destiné aux élections, à rien d'autre ! »

J'entendais le patron : « Messieurs ! Messieurs ! »

Il y a eu une pause et puis Dutheuil, toujours aussi furieux, a repris : « Si vous voulez continuer à acheter des armes, faites-le avec votre argent. Moi, les Libanais, j'en ai rien à foutre !

— Messieurs ! »

Il s'est produit un bruit assez fort, comme celui d'une chaise qu'on renverse. J'ai cru comprendre que le patron s'interposait physiquement entre les deux hommes. Et puis la voix de celui que je ne connaissais pas s'est élevée de nouveau, menaçante : « Vous êtes un roquet et un prétentieux, Dutheuil ! Vous vous croyez le plus fort, vous ne tarderez pas à vous apercevoir de votre erreur. »

J'ai entendu se refermer brutalement la porte du bureau malgré son rembourrage. L'homme était sorti. Dutheuil et le patron ont échangé quelques mots à voix basse. Je n'ai pas compris ce qu'ils se disaient. Puis Dutheuil est parti à son tour. Enfin, le patron a surgi par la petite porte donnant sur le couloir où j'étais restée tapie. Il m'a considérée, sidéré. Il était livide.

« Je voulais vous voir et... en entendant tout ce bruit, je me suis cachée ici. »

Il a passé la main sur son front. « Eh bien, m'a-t-il dit, quittons cet endroit. » Il avait l'air affolé. En tout cas, j'ai compris qu'il avait très peur.

— Le patron, c'était le P.-D.G. de la CAF ?
— Oui.
— Le patron de Dutheuil également ?
— Oui.
— Vous avez reparlé avec lui de cette histoire ?
— ... Non.
— Cette scène, dans le bureau du P.-D.G., c'est arrivé combien de temps... avant la mort de Dutheuil ?

Cette fois, elle hésite pour de bon. Elle compte mentalement le nombre de jours. Ou bien elle ne veut plus rien dire ? Elle me jette un regard terrifié.

— L'avant-veille !

Elle se lève brusquement.

— Assez ! Je ne veux plus entendre parler de cette affaire ! C'est absurde ! On tourne en rond, ça ne conduit nulle part.

Elle reprend son souffle et se plaque contre moi.

— Viens !

Avant que nous nous abandonnions à la mouvance de ce grand flux qui nous soulève doucement et nous entraîne à la mer, elle entrouvre une dernière fois les paupières.

— Je t'en prie, ne t'occupe plus de cela ! Tu promets ? Tu sais, celui qui était là, c'était un type très important.

— Un ministre, peut-être ?

— Il y a des gens plus importants qu'un ministre. Je te le dis : même le patron avait peur !

16

Elle me réveille brutalement au milieu de la nuit.

— Levez-vous, il faut que vous partiez tout de suite !

— Qu'est-ce qui se passe ?

— Mon mari !

Elle me tend vêtements, sous-vêtement, chaussures, chemise, cravate.

— Vous mettrez ça dehors !

Elle m'entraîne :

— Sortez par là !

Elle ouvre la porte-fenêtre qui donne sur un balcon étroit. La bordure frontale est en ciment, mais sur les côtés ce sont des barreaux de fer. Je me penche. Ce doit être au quatrième étage. Les balcons sont superposés. On peut à la rigueur sauter de l'un à l'autre.

Elle a couru à la porte et revient aussi affolée. Elle a dans les mains mon imperméable. Mon revolver est dans la poche. Je vérifie. Je crois qu'elle le remarque.

— Il arrive, disparaissez immédiatement !

Elle a refermé la porte-fenêtre derrière moi. Je me pends par les mains aux barreaux de fer, mes pieds se balancent dans le vide. J'accentue le balancement de façon à atterrir au milieu du balcon inférieur. Ce qui est fait en souplesse et sans bruit. J'écoute. Rien. Je devine au-dessus de moi la lueur de la chambre d'Irène. Je me tiens sur le côté afin de rendre ma silhouette invisible à un éventuel occupant du troisième. Tout semble calme. Je répète la manœuvre. Deuxième. Premier. Je me penche. La hauteur semble beaucoup plus considérable cette fois. De ce côté-là, le sol doit être plus bas, l'immeuble légèrement surélevé. Sous le balcon, j'aperçois un escalier. Il faut que je saute plus loin si je ne veux pas me casser les chevilles. L'escalier aboutit à une allée de sable, autant que je puisse en juger. Au-delà, il y a un gazon avec des buissons. Je reprends mon souffle. La longueur du bond requis est de trois ou quatre mètres. La hauteur ? Il peut y avoir cinq mètres.

Je me suspends dans une position particulièrement inconfortable, les poignets non plus sur la même ligne mais l'un derrière l'autre. Et je dois communiquer à mon corps un mouvement beaucoup plus ample. Je vérifie si le cran de mon revolver est mis. Allons-y.

J'aboutis au-delà de l'escalier et me laisse rouler sur le sol. Je termine mon tonneau au milieu des buissons. Assez sonné. Il me faut un moment pour me relever. Les feuillages sont trempés. Il a dû pleuvoir. Je marche difficilement. En roulant, je me suis cogné le même genou qu'en poursuivant cette coquine. Je regarde ma montre : il est quatre heures.

Une route longe l'espace vert où je me trouve. Elle semble n'aller nulle part. Je décide de regagner l'avenue par laquelle nous sommes arrivés. Sur le côté de l'immeuble, il y a un parking. Tiens ! J'examine à travers l'obscurité les véhicules rangés les uns à côté des autres. Deux ou trois sont des voitures luxueuses. L'une surtout. Je m'approche et palpe le capot. Il est tiède. Le ventilateur de refroidissement tourne encore.

C'est alors qu'à la vague lueur d'un réverbère lointain je m'aperçois que ma main est pleine de sang. Je m'approche de la lumière. Du sang, j'en ai partout. Mon imper est parsemé de taches sombres. Le sang coule de mon poignet droit. J'ai dû m'accrocher à un de ces satanés barreaux, ou à une branche en roulant sur le sol. Je prends mon mouchoir et, tout en m'efforçant d'arrêter le saignement, je m'avance jusqu'à l'avenue. De quel côté peut bien se situer la gare ?

Et puis je reviens à la voiture. Si je pouvais relever son numéro ! Dans la nuit, ce n'est pas facile. J'écarquille les yeux. En me déplaçant par rapport à la plaque, j'arrive à deviner. Je cherche en vain mon stylo. Pourvu qu'il ne soit pas tombé chez Irène. J'extirpe de mon portefeuille un bout de papier. Il n'y a pas d'autre solution : je vais écrire le numéro avec mon sang. À genoux, trempant le petit doigt de la main gauche dans le sang qui coule toujours, je trace avec cette encre improvisée des signes sur le papier posé sur mes cuisses. Je fais sécher le tout avant de reprendre ma marche en direction de la gare hypothétique.

Si seulement un taxi passait par là ! Mais non. Le coin est totalement désert. Il s'est mis à bruiner. L'avenue n'en finit pas. J'ai dû me tromper de sens.

Dans la brouillasse, je repense à cette affaire. Eh oui ! Ce n'est évidemment pas Dutheuil qui a pris l'argent. Ils l'ont liquidé parce qu'il s'est aperçu de la différence en recomptant l'argent. Il a commis l'erreur de le dire — qui sait : de réclamer la somme disparue ! La remarque de Mme Nalié me revient à l'esprit. Elle disait que son gendre était d'une honnêteté scrupuleuse — au milieu de cette vie de fêtes et de foires continuelles. Je suis tenté de le croire. Il n'avait pas grand-chose à payer de sa poche et l'argent lui était indifférent. Tout ça était une sorte de jeu qui suffisait à le griser et il vivait de cette griserie.

Je continue à clopiner sous la bruine. Et soudain, j'ai froid. Ce n'est pas seulement l'air ambiant, ni les folles dépenses d'énergie de cette nuit d'amour.

L'avant-veille ! La scène a eu lieu l'avant-veille ! La décision des meurtriers a été prise ce jour-là, à la hâte. C'est pour ça que l'exécution a été un peu bâclée, qu'ils ont dû envoyer ce préfet complaisant pour arrondir les angles, surveiller Mme Dutheuil, la dissuader de voir le cadavre, de porter plainte. C'est sous l'influence de cet ami fidèle qu'elle a accepté comme allant de soi les explications du policier, l'invraisemblable disparition des vêtements, cette histoire de montre aussi. Le plus important, cependant, c'est l'altercation dans les bureaux du P.-D.G. avec celui qu'Irène n'a pas voulu nommer, mais qui est probablement un caïd du milieu politique. L'emportement de Dutheuil a fait changer le cours des choses. Qu'elle ait éclaté ce jour-là ou un autre, cette colère le condamnait à mort. Paradoxalement, mais de façon très compréhensible dans cet univers de turpitudes, c'est l'honnêteté qui a été le grain de sable.

Cinq heures ! Je me suis complètement égaré. À travers le crachin qui tourne à la pluie, j'aperçois une silhouette. Elle se déplace dans le même sens que moi. J'accélère. C'est un clochard qui pousse un landau devant lui. Au moment de le rejoindre, j'assiste à un spectacle ahurissant. L'homme tend la main gauche comme pour faire signe qu'il tourne ; il tourne en effet, franchit l'avenue et s'enfonce dans une rue minuscule dont il me révèle la présence. Je lui demande où est la gare. J'ai beau répéter, il ne comprend pas ce que je dis. Il parle à son tour. Je ne comprends pas davantage : ce sont des sons inarticulés. Finalement, il extrait de sa voiture une bouteille de rouge qu'il me tend. Son visage s'éclaire. De la main, il tapote la bouteille, cherchant à me faire partager son plaisir. Il rit. Je ris aussi. Nous restons un moment l'un en face de l'autre, unis par ce rire, indifférents à l'ondée qui redouble.

Je reprends ma route. Les constructions cessent tout à coup, l'avenue s'interrompt en plein champ ! Demi-tour. Je marche très vite. Plus de repère, sinon cette avenue à parcourir dans l'autre sens !

Je me remémore les paroles d'Irène. Et notamment celle-ci : « Même le patron a peur ! » C'est vrai, elle a dit ça, et même deux fois ! Comment se fait-il que je n'y aie pas prêté attention plus tôt !

Pourquoi avait-il peur ? Parce qu'il se trouvait devant un type tout-puissant ? Mais il ne s'est pas opposé à lui, il n'a rien dit. Seulement voilà : *il était là.* Il a assisté à la scène, il sait du même coup qui a donné l'ordre de liquider Dutheuil — il connaît l'assassin. Dans sa colère, celui-ci n'a pensé à rien. Mais une fois Dutheuil exécuté, par lui ou par ses complices, ce petit détail n'a pu lui échapper. Il s'est remémoré la scène, le P.-D.G. qui s'efforçait de les calmer. *Le P.-D.G. qui sait maintenant qui sont les assassins. Les assassins qui savent maintenant que le P.-D.G. les connaît.*

Et voilà pourquoi le P.-D.G. a peur. Il en sait trop, lui aussi. Dutheuil a été éliminé, mais voici qu'un Dutheuil n°2 a surgi au moment même où la décision a été prise de liquider le Dutheuil n°1 ! La conscience de Dutheuil renaissait de ses cendres ! C'est la conscience des conditions exactes de sa mort et, du même coup, celui en qui cette conscience habite qui se trouvent eux-mêmes menacés de mort ! Car ce n'est pas un enfant de chœur qui a fait assassiner le Dutheuil n°1. Plutôt le chef d'un de ces gangs politiques qui se disputent le pouvoir — et le fric !

Et le monopole de ce trafic d'armes ! C'est ça surtout qui est dangereux, essentiel, vital — beaucoup plus dangereux que le simple commerce de la drogue que chacun aujourd'hui pratique librement sous l'œil bienveillant de la police.

Tout ça, le P.-D.G. le sait ! Irène aussi. La peur de son patron a passé en elle. Et c'est cette peur qu'elle m'a transmise à son tour.

Tiens, pourquoi Irène partage-t-elle de façon quasi physique la peur de son patron ? Serait-elle si proche de lui ? À vérifier.

Je songe tout à coup à son étrange comportement à mon égard. Bien que je sois encore enfermé dans cette bulle de volupté où les choses ont perdu leur contour, où il n'y a plus rien d'autre que cet ébranlement de tout l'être et son exaltation, j'essaie d'y voir clair. Une chose est sûre. Rien de tout ce qu'elle a fait cette nuit n'était prémédité. Elle ne savait pas qu'elle la passerait avec moi. Elle n'avait aucunement l'intention de me donner tous ces renseignements — décisifs ! À son bureau, je m'étais heurté à un mur. Même scénario quand elle m'a vu à côté d'elle dans le RER. Se débarrasser de moi au plus tôt !

Et puis elle a changé d'avis. A-t-elle eu simplement envie de se taper un type ? La brusquerie de l'attaque, cette façon d'obliger quelqu'un à s'asseoir en face de vous et à aller au fond de la question qu'il voulait éluder, ce bouleversement n'est pas tel-

179

lement différent du surgissement imprévu du désir
— et peut y conduire. J'en ai fait plusieurs fois
l'expérience.

Une fois acceptée l'idée de l'aventure, elle s'est
aperçue des avantages de la situation. L'occasion
était bonne de communiquer un message à cette
sorte de détective privé. Message codé d'abord : je
ne sais rien. C'est-à-dire : *il ne faut rien savoir*. Expli-
cite ensuite, quand la tendresse s'en est mêlée :
je vous adjure d'interrompre votre enquête. Elle
n'avait pas seulement un argument très personnel
à faire valoir : elle s'était donnée à moi et comptait
le faire de nouveau. Ce message, comment ne pas
voir que c'était celui qui me venait de partout ? de
François Nalié comme de sa femme, de leur fille
comme de Joyeux, de l'instinct de Natacha et maintenant d'Irène elle-même. L'avertissement était toujours le même : arrêtez l'enquête ! Que cette injonction émane de gens si différents et dont les intérêts
étaient sans doute si divers en disait long sur la puissance du motif conscient ou non, avoué ou non, qui
l'inspirait !

Je marche toujours sous la pluie qui redouble et
me dégouline sur le visage. Mes idées sont de plus
en plus claires. Si l'enquête doit se terminer à tout
prix et n'aboutir à rien, la question qui me trou-
blait au début s'impose à nouveau : qui donc l'a
commanditée ? Les assassins savent qu'ils sont
connus. D'un certain nombre de personnes. D'eux-
mêmes d'abord, ce qui n'est pas rien, car chacun
de ces truands de la mafia politique peut parler un

jour ou l'autre, pour une raison ou pour une autre. Du P.-D.G. de la CAF ensuite, et de quelques-uns de ses proches sans doute. L'idée que j'avais eue dès le commencement de l'affaire me revient, plus précise et plus forte : ce sont bien les assassins qui ont voulu l'enquête privée — assez tardivement, pour la rendre impraticable ; mais aussi peut-être au moment où, pris de doute, ils se sont demandé s'il ne restait pas quelque part quelque trace ou quelque témoin de leur crime : ce P.-D.G., par exemple. Ils n'ont pas seulement commandé l'enquête pour savoir ce qu'on savait d'eux, mais encore pour s'assurer que ceux qui savaient ou qui sauraient étaient bien décidés à se tenir tranquilles et à la fermer. Et enfin pour faire passer le message à ceux qui chercheraient encore, *à ceux-là mêmes qu'ils venaient de charger de ce complément d'enquête.* Ceux-là, c'est-à-dire moi, car j'étais tout seul — ultime exécutant de cette ultime besogne.

Est-ce que je déconne complètement ? Est-ce que la fatigue de cette nuit interminable rend mon esprit aussi fiévreux que mon corps qui commence à trembler ? Je dois avoir un peu de fièvre, en effet, car voici la dernière supposition qui me traverse le cerveau. Ce ne sont pas les assassins qui sont allés trouver le connard qui dirige mon agence. Pas si bêtes ! Ils ont prié quelqu'un de le faire à leur place. Le type qui gueulait dans le bureau du P.-D.G. est revenu le voir quelque temps après, disons deux semaines plus tard. Il avait retrouvé ses bonnes manières et son calme. Il lui a poliment suggéré de faire procéder à une enquête, par une agence foireuse, une enquête très discrète assurément, qui n'aboutirait pas. Une enquête quand même, destinée à savoir si on savait, si on pouvait savoir et, dans ce cas, ce qu'on savait. Et c'est précisément lui, le P.-D.G., qui a pris en charge cette recherche. Lui, le seul homme vraiment dangereux et qui allait *surveiller et être surveillé en même temps,* dans ses agissements et dans ses intentions, tenu par une main de fer ! Et bien décidé à ne plus jamais se souvenir de ce qui s'était passé dans son bureau un certain soir, l'avant-veille de la mort de Dutheuil !

Il pleut de plus en plus, l'eau m'arrive dans le cou. Je resserre mon col et ne réussis qu'à me tremper le dos jusqu'aux reins. Et voici que je commence à croire à mes représentations délirantes. L'imagination, quelle puissance de vérité ! Que de révélations essentielles elle fait miroiter devant nos yeux éblouis ! Le P.-D.G., après tout, il n'a aucun intérêt lui non plus à ce que la vérité soit faite sur leurs manipulations avec le fric des braves gens ou des prostituées. Je revois avec une précision étonnante les peintures magnifiques du salon d'Irène — cet extraordinaire nu de saint Sébastien notamment, dont le corps se creuse sous un regard qui l'aperçoit d'un peu plus haut que lui, dans une sorte de vue cavalière dont le centre est cependant si proche de ce qu'il découvre qu'il semble s'écraser sur lui. Et son dessin de Degas ! Combien ça peut coûter aujourd'hui, un dessin de Degas ? Ce n'est pas avec son salaire d'attachée de direction qu'elle a pu se payer cela ! Et même celui qui le lui a offert... Je pense à tous ces sympathisants de haut rang des partis politiques, à toutes ces entreprises soucieuses de leurs commandes à venir. Est-ce que ces braves gens reprendraient d'une main dans la caisse une partie de l'argent qu'ils y ont mis de l'autre ? Ce serait croquignolet.

Le clignotement d'un feu de croisement me tire de ma rêverie. Je suis trempé. J'essaye d'apercevoir au bout de l'avenue rencontrée quelque chose qui ressemble à la silhouette d'une gare, quand je découvre devant moi une cabine téléphonique. Frigorifié, pendant une bonne demi-heure, j'attends le taxi. Entre-temps, j'ai mis un peu d'ordre dans ma personne en voie de clochardisation, plié mon imper de façon à dissimuler les traces de sang. Lorsque la voiture arrive enfin, je cache à son tour mon mouchoir écarlate. Heureusement, mon chauffeur est un étranger qui chantonne tout seul. Mes problèmes n'ont pas l'air d'être les siens.

Quand j'ouvre la porte sans bruit, Natacha se tient dans l'entrée, debout devant moi. Je suis son regard qui tombe pile sur mon poignet. Je ne m'étais pas aperçu qu'il s'était remis à saigner.

Elle pousse un cri et se précipite sur moi.

Je prends conscience de la situation et sors peu à peu de mon engourdissement. Quand je pense que le froid n'a pas même arrêté ce putain de saignement !

Natacha s'est plongée dans l'armoire à pharmacie. Elle revient avec des pansements et des produits de toutes sortes, m'entraîne à la salle de bains, enlève mes vêtements, lave consciencieusement une plaie dont je découvre avec étonnement l'importance. Elle fait tout cela avec une précision de gestes et un calme que j'admire.

Quand elle a fini, elle me regarde longuement, et puis elle éclate en sanglots.

17

À une heure, le téléphone me réveille. C'est Natacha qui m'appelle du bureau. Je perçois son angoisse. D'après l'intonation de sa voix, je sais aussi qu'elle n'est pas seule. Elle est désolée de m'avoir réveillé, seulement voilà, elle était un peu inquiète... Est-ce que je suis allé voir le médecin ?

— Je me sens en pleine forme, j'ai dormi sans interruption. Écoute, tu as été adorable. J'avais une filature sans histoire et dans l'obscurité je n'ai pas vu une herse qui se trouvait sur le trottoir. Qu'est-ce qu'elle foutait là d'ailleurs ! Je me suis cassé la figure comme un idiot.

Elle change de sujet. Est-ce que j'ai mangé ? Est-ce que j'ai trouvé le papier sur la table de nuit ? Il y a une bouteille de bordeaux sous la fenêtre.

— Bois un peu de vin, ça va te remonter. Tu promets ?

Je lui adresse plusieurs déclarations d'amour successives et perçois qu'elle revient à la vie. Je ne me sens pas très fier, d'ailleurs, mais à distance ça ne doit pas se remarquer.

C'est encore du saumon. Je me tape la cloche. Avant de sortir, j'appelle Joyeux. Il est toujours au boulot, celui-là.

— Écoute, mon petit père, j'ai absolument besoin de savoir à qui appartient une bagnole. Une grosse bagnole, plus ou moins bureautique à l'intérieur, autant que j'aie pu le voir.

Je donne le numéro.

— Tu me fais marrer ! Qu'est-ce que tu crois ? Que je n'ai rien d'autre à foutre !

— J'ai ab-so-lu-ment besoin de ce renseignement, et le plus tôt possible. Je te rappelle ce soir.

Je raccroche. Tel que je le connais, il doit être furieux, le Joyeux. Mais, reste de comportement paternel ou désir de prestige, il va me dégoter ce que je lui demande.

En attendant, je me propose de vérifier moi-même ma petite idée.

À partir de la gare, je retrouve sans peine mon chemin. Bel immeuble en vérité. En le voyant, j'éprouve un choc. Que je veuille me l'avouer ou pas, lorsque cette jolie femme plus ou moins recommandable m'a pris la main, j'étais rouge de plaisir. C'est drôle qu'on puisse sentir de l'intérieur ce qui se passe sur son visage. Je n'ai d'ailleurs toujours pas décidé, au fond de moi-même, si à ce moment-là elle avait eu réellement envie de moi ou si elle avait saisi l'occasion de savoir où j'en étais dans mon enquête. Peu importe. La première hypothèse, la plus flatteuse pour moi, comporte une part d'illusion, ce dont j'ai appris à ne plus être dupe. Quelle que soit l'émotion qu'il suscite en nous, le désir des corps, celui que nous éprouvons ou celui que nous suscitons, demeure étranger à notre personnalité réelle. Un autre, qu'il s'agisse de nous-même ou de celui qu'on appelle fort joliment aujourd'hui notre partenaire, ferait aussi bien l'affaire, pour peu qu'il réponde à un certain nombre de critères stéréotypés. Il n'y a pas de quoi se vanter. La sexualité ne connaît que des individus interchangeables.

Malgré ces réflexions amères, je constate qu'une part de mon ivresse nocturne s'agite toujours en moi. La vie décidément se moque du cours de nos pensées, l'enchaînement des causes dans lesquelles nous nous efforçons de les maîtriser en est bien incapable. En tout cas, je ne suis pas près d'oublier ma nuit avec Irène.

Faisant taire ces souvenirs trop proches, je me dirige vers la loge. Pourvu que la concierge soit là. Elle est là, soupçonneuse.

— Vous désirez ?

— Bonjour, madame, j'ai quelques renseignements à vous demander. Vous connaissez Mme Irène de Thirvault. Est-elle mariée ?

Mon interlocutrice est indignée.

— Mais, monsieur ! Je ne suis pas ici pour raconter la vie des propriétaires ! Pour qui me prenez-vous ! Sortez, monsieur !

Je lui mets sous le nez la carte que m'a refilée

Joyeux. Elle pâlit. Et maintenant, dissimulant mon sourire, je lui tends le piège. Je m'approche d'elle et, sur un ton confidentiel et amical :

— Comprenez-moi bien, madame. D'après la loi, vous n'êtes pas obligée de me répondre.

Elle marque un temps d'arrêt.

— Et alors, pourquoi je vous répondrais ?

— Si vous ne répondez pas, vous serez convoquée par le juge d'instruction sur commission rogatoire. Et là, vous serez obligée de parler. Votre témoignage sera enregistré par écrit et figurera dans le dossier. Ceux dont il aura été question ou leurs avocats pourront avoir accès à ce dossier, savoir ce que vous avez dit sur eux, etc.

Elle roule des yeux effarés. Maintenant, ils font l'aller-retour de mes chaussures à ma cravate.

— Tandis que si vous répondez aux deux ou trois questions très simples que j'ai à vous poser, personne n'en saura rien. Et on ne viendra plus jamais vous ennuyer...

Elle respire bruyamment.

— Alors, Mme de Thirvault a-t-elle un mari ?

— Pas que je sache.

— A-t-elle un ami ?

— ... Oui.

— Il habite avec elle ou il vient de temps en temps ?

— Il vient de temps en temps.

— Quand ça ?

— Le soir... le week-end.

— Hier soir, il est venu ?

— Je ne l'ai pas vu arriver, mais ce matin j'ai reconnu sa voiture quand elle partait.

— Il la range dans le parking ? Il s'agit d'une grosse voiture ?

— Oh oui !

— C'est un homme important ?

— Oh oui !

— Quel genre ?

— Oh, quelqu'un de très bien. Toujours très bien habillé, très correct, poli. Ce sont des gens très bien.

— Il est plus âgé qu'elle ?

— Dame, oui. Ce pourrait être son père. Il a les cheveux blancs. Un homme très distingué.

— Il est grand ?

— Oui, avec une forte carrure.

— Son visage ?

— Je ne saurais vous dire... Il est bien, il a des traits réguliers. Il porte des lunettes. Il a l'air intelligent.

— Comment sont-elles, ses lunettes ?

— Cerclées d'or.

— Depuis combien de temps Mme de Thirvault habite ici ?

— Ça fait trois ans, je crois bien.

— Et lui, il vient depuis qu'elle est là ?

— Oui.

— Comment c'est chez eux ?

— Oh, c'est magnifique, monsieur ! Il y a des œuvres d'art, des tableaux.

— Ils sont riches ?

— Oh, dame, oui !

Elle s'excite maintenant. Elle voudrait en dire davantage. C'est le moment :

— Quand il n'est pas là, est-ce que d'autres hommes viennent voir Mme de Thirvault ? Des hommes plus jeunes...

— Oh non ! Oh non ! Mme de Thirvault est une personne très bien. Elle est très distinguée, elle aussi. C'est pas le genre, oh non, monsieur !

Tant mieux ! J'aime autant que la femme que j'ai tenue dans mes bras ne soit pas à tout le monde.

— Bien. Je vous remercie, madame. Vous ne serez plus dérangée... À propos, personne n'a besoin de savoir que je suis venu vous rendre visite ni ce que nous nous sommes dit. Personne.

Elle s'incline avec gravité. En sortant, j'entre dans la première cabine téléphonique.

— Ta bagnole appartient au P.-D.G. de la CAF, m'explique Joyeux. T'es content ?

— Quel est son nom... le nom du P.-D.G. ?

— T'es de plus en plus curieux. La curiosité est un vilain défaut...

— Alors ?

— Léon Switen.

— Tu sais à quoi il ressemble, tu l'as déjà vu ?

— Non. Et toi, tu l'as vu ?

— Non. Mais je sais à quoi il ressemble.

— Fais pas le fortiche, môme ! Pense plutôt à garer ta fraise !

Silence, puis Joyeux conclut qu'il faudrait qu'on se revoie bientôt.

Je perçois son inquiétude à mon sujet, elle me fait du bien.

18

L'inquiétude de Natacha aussi, lorsqu'elle rentre du bureau. Heureusement, j'ai eu le temps de passer chez le médecin. Elle examine mon pansement.

— Parfait, non ?

— Qu'est-ce qu'il t'a dit ?

— Tout va bien. J'avais été vacciné contre tout, tu penses !

— Tu te souviens de ce que tu m'as promis ?

— Euh... À quel sujet ?

— Tu as déjà oublié ! Ton métier.

— Je ne pense qu'à ça. L'enquête est quasiment terminée. Demain, je mettrai tous les éléments en ordre. Ensuite, je les communiquerai à l'Agence.

Le lendemain, je décide d'aller me promener. Rien de tel pour avoir les idées claires. Natacha approuve mon projet.

— Prends la voiture.

Je me dirige vers la forêt de Fontainebleau. J'aime ce lieu où Joyeux et moi avons passé des heures en exercices paramilitaires divers, entremêlés d'histoires tortueuses et de plaisanteries sans fin.

Mettre tout au clair, ça veut dire deux choses. Récapituler pour mon propre compte ce que je sais ou crois savoir de cette affaire : simple travail de mémoire. Avec cette difficulté qu'il y a toujours dans un souvenir une zone d'ombre. Cette part de la représentation sur laquelle une force inconnue a posé la main, pour la soustraire à notre regard. Et c'est justement là que se cache la clé de l'énigme. J'ai bien le sentiment, en tournant et retournant tous ces événements dans mon esprit, que quelque chose m'échappe encore et que, d'une certaine façon, c'est le plus important.

Qu'est-ce qui m'échappe ? Le visage, le nom de l'homme qui se tenait dans le bureau du P.-D.G. lorsque la colère imprévue de Dutheuil a produit cet affrontement brutal. Serais-je véritablement plus éclairé si Irène m'avait révélé son nom à la faveur d'une étreinte supplémentaire — si notre nuit d'amour n'avait pas été interrompue de façon malencontreuse ?

Tiens, au fait, qu'est-ce qu'il est venu faire à trois heures du matin chez son amie Irène, le P.-D.G. ? Il n'y a pas d'avion qui atterrisse à Roissy à cette heure, que je sache. Quant aux dîners mondains, ils se terminent de plus en plus tôt. Et pourquoi est-il venu à l'improviste ? Car, s'il y a une chose sûre, c'est que la belle Irène n'avait rien à faire de sa visite quand il a surgi au milieu de nos ébats. Reste une hypothèse, la seule. Qu'un sexagénaire, si nanti et bien conservé soit-il, cherche quelquefois à s'assurer de la fidélité de sa jeune amie. On dira qu'avec tout son argent, il peut la faire suivre : j'en sais quelque chose pour exercer cette louable activité devenue, pour le présent, ma principale source de revenus. Mais Irène a conscience d'être très surveillée, de mille manières, et c'est précisément pour cette raison qu'elle est fidèle.

Et puis cette évidence s'impose à moi, même si elle ne me fait pas tellement plaisir : ne serait-ce pas pour échapper à cette existence si réglée, si matrimoniale, qu'Irène a saisi l'occasion de s'offrir un petit extra, lorsque cette occasion s'est présentée à elle de façon imprévue et d'autant plus tentante ?

Une idée me vient encore à l'esprit : n'est-ce pas dans le monde très particulier où elle évolue — un monde très distingué, très chic, où on s'habille très couture, fréquente palaces et grands restaurants, où des femmes très chics, justement, n'hésitent pas le cas échéant à passer une nuit dans un de ces palaces avec un inconnu, un de ces étrangers très importants qu'on reçoit pour un contrat fabuleux —, n'est-ce pas dans un tel monde que l'amant d'une de ces très jolies personnes doit nécessairement se poser la question de sa fidélité ?

Ce qui explique pourquoi le P.-D.G. de la CAF a jugé utile de faire un petit tour à cette heure tout à fait insolite, dans la très richement meublée et décorée résidence qu'il a ménagée pour sa très chère amie. Et c'est parce que ce genre d'irruption imprévue s'est déjà produit de loin en loin qu'Irène l'a pour ainsi dire détectée à distance et m'a jeté à la porte, ou plus exactement par la fenêtre, à la première alerte.

Et voici la dernière idée, la dernière lubie : en même temps que la maîtresse du P.-D.G. de la CAF, Irène ne serait-elle pas l'organisatrice du réseau de call-girls qui, parmi leurs activités diverses mais toutes lucratives, avaient également celle de transporter l'argent du parti social à l'étranger, éventuellement d'en ramener clandestinement une partie au retour d'un somptueux et profitable — et peut-être très agréable — week-end londonien ?

Et c'est parce que son amant connaît parfaitement tout cela, et que les soupçons que suscite inévitablement chez un être bien né un monde aussi dépravé aux limites duquel il lui faut vivre malgré lui, que ladite Irène est tenue de mener cette existence exemplaire dont la concierge s'est fait le témoin pour une fois véridique.

Mais alors, si tel est le cas, un dernier point s'éclaire et, à vrai dire, non le moindre, dans l'histoire tragique qui a conduit à la disparition de Jean Dutheuil. C'est l'extraordinaire exclamation de l'inconnu lors de la dispute fatale dans le bureau de l'amant d'Irène : « L'argent des putains ! » L'argent de ces Parisiennes de haut rang, actrices, mannequins et autres créatures télévisées qui ne contribuaient pas seulement de façon efficace à la signature des multiples contrats — contrats de vente d'armes notamment —, mais qui devaient aussi remettre à Irène une part, si modeste soit-elle, de l'argent provenant de leurs diverses pratiques, et en particulier de celle de leurs charmes.

Le plus troublant, ce n'est pas cette exclamation, mais le fait qu'Irène a été capable de m'en fournir immédiatement l'explication.

Quant à l'altercation fatale entre Dutheuil et le mystérieux visiteur, qui allait décider de sa mort, elle devenait lumineuse, elle aussi. Si on laissait de côté la violence des invectives ou de l'affrontement physique (la chaise peut-être que l'un des protagonistes avait brandie sur le visage de l'autre avant que le P.-D.G. les sépare) pour considérer l'enjeu réel du débat et son contenu, celui-ci se comprenait mieux. De l'argent des putains ou de celui des armes, lequel est le plus facile à gagner ? Ces prostituées intermittentes appelées call-girls, il n'y a qu'à les sélectionner dans le flot des candidates qui se proposent de tous côtés. Dame, quatre ou cinq briques la nuit, par ces temps difficiles... Les armes, il faut les fabriquer ; c'est beaucoup plus cher, plus lourd, plus difficile à transporter. Aller à Londres en classe plein ciel, avec un verre de champagne à la main et les valises de billets soigneusement étiquetées au fond de la soute, en attendant l'hôtel cinq-étoiles et une éventuelle partouze, c'est de la rigolade. Ça n'a rien à voir avec les chargements nocturnes de caisses de fusils, voire de pièces détachées d'avions et de chars d'assaut pesant des tonnes, avec l'armée de barbouzes destinés à surveiller leur transport par des chemins tortueux durant des jours ou des semaines. Et il y a encore cette petite différence : ni le président de la République, ni le Premier ministre, ni leurs complices ne se préoccupent des agissements et déplacements des jeunes personnes occupées à assurer leur prochaine réélection. Pour les armes, c'est autre chose. Les investissements, les procédés de production plus ou moins clandestins, les ventes délicates, les mesures de sécurité, rien de tout cela ne peut s'accomplir à leur insu. Semblable négoce est beaucoup plus ardu que celui de ces dames interchangeables, même si elles contribuent de façon non négligeable au bon déroulement des opérations. Si on met tout ça ensemble, on comprend pourquoi Dutheuil ne faisait pas le poids en face de l'homme sans visage auquel il reprochait inconsidérément de puiser dans la caisse. Il aurait dû s'en douter. On le lui a fait savoir.

Voici ce qu'a révélé mon enquête : l'existence d'un puzzle parfaitement cohérent. Chaque pièce qui le compose n'est sans doute pas un phénomène observé dans des conditions idéales — que de choses se sont passées la nuit ! —, mais insertion dans l'ensemble la rend quasi indispensable.

J'étais reconnaissant à Irène de m'avoir permis de remonter à la cause dernière à partir de laquelle l'inéluctable enchaînement des faits était maintenant parfaitement intelligible. De l'argent mafieux sécrète autour de lui un danger permanent, de sa comptabilité obscure à la possibilité pour chacun de ceux qui le manient d'en subtiliser une partie à son profit. Mais le plus grand danger se produit quand ce trafic des factures et des femmes devient celui des armes — une affaire d'État, comme disait Denis Sibert. Cette affaire d'État qui l'emporte toujours sur celles des simples individus privés — et qui décide de tout : de leur vie et de leur mort !

Bon. Tout ça, je l'ai appris laborieusement, avec une part de chance. Me voici maintenant devant la seconde partie de mon boulot, la plus facile en un sens — assez délicate cependant, et peut-être dangereuse elle aussi. En fin de compte, je connais la vérité. Mais faut-il la dire ? La question oppressante à laquelle s'est heurtée Christine Dutheuil — et avec elle son entourage — me revient à travers la figure. Sous une forme très simple et apparemment anodine. Il s'agit d'un rapport de quelques pages que je dois rédiger en conclusion de cette enquête.

En principe, pour le directeur de l'Agence. En fait, pour ceux qui ont commandité l'enquête — les assassins de Dutheuil. Rapport difficile à construire puisqu'il obéit à deux exigences contradictoires. En dire le plus possible à l'intention du directeur, si je veux être rémunéré convenablement. Le moins possible aux assassins, s'il s'agit avant tout de les rassurer, mais aussi, corollaire inséparable et menaçant, de ne pas apparaître à leurs yeux comme un Dutheuil n° 2, ou plutôt n° 3, à supprimer comme le Dutheuil n° 1, et pour les mêmes raisons !

En poursuivant ma réflexion, j'aperçois comment il est possible de me tirer d'embarras. Au fond le directeur, il s'en fiche de ce que j'ai bien pu découvrir ou pas. Malgré l'étroitesse de sa cervelle, le caractère étrange de cette enquête n'a pu lui échapper. Le fait qu'on lui ait fourni si peu de renseignements (car je suis persuadé qu'on les lui a fournis : il est tellement paresseux qu'il n'aurait même pas été fichu d'aller les chercher lui-même). Le fait que l'enquête ait été commanditée trois semaines après le crime. Ça lui a d'autant moins échappé que c'est la première chose que j'ai portée à l'attention de cet incapable. C'est alors qu'il m'a fait remarquer que si je n'étais pas content, je n'avais qu'à aller me faire voir ailleurs. Donc, la vérité de toute cette affaire, il s'en tartine, comme le disait récemment avec élégance un Premier ministre, femme de surcroît. Ce qu'il veut, c'est du fric.

Et après tout, que je me sois donné beaucoup de mal, que ces démarches d'investigations multiples m'aient pris beaucoup de temps, réclamé beaucoup de zèle et d'intelligence, c'est ce qu'on peut très bien leur expliquer, aux assassins. C'est même très précisément ce qu'il convient de faire. Plus serrée et minutieuse leur apparaîtra notre enquête, plus significatif son échec. On leur laissera entendre non seulement qu'on n'a pas pu découvrir la vérité, mais qu'il est impossible d'y parvenir. C'est alors qu'ils seront pleinement rassurés. Il faut dire à chacun ce qu'il a envie d'entendre, aux criminels comme aux autres. Et ce que des criminels ont envie d'entendre, ceux-là en tout cas, c'est que leur crime échappe à toute recherche, qu'il est insaisissable, indémontrable — inexistant peut-être ! De la sorte, il demeurera à jamais impuni. En même temps que leur crime, les assassins se seront dissous dans la nuit.

Je réfléchis à la manière d'accréditer cette version. En montrant par exemple qu'on n'a pas découvert une piste, mais de multiples directions de recherche, partant dans tous les sens et aboutissant chaque fois non pas à un individu déterminé mais à des groupes, à de grandes entreprises, à des administrations et des institutions, et finalement au pouvoir lui-même. Chacune de ces pistes d'ailleurs venant buter sur une porte qui ne s'ouvrirait jamais, sur un mur, sur des documents évanouis, des juges dessaisis de l'enquête, des personnes non concernées par l'affaire. Bref, au bout du chemin, il n'y avait personne. Et si par hasard il y avait quelqu'un, c'était l'amnésie, le silence. Quelle jubilation chez les auditeurs de ce compte rendu qui les met hors d'atteinte, d'autant plus réconfortant pour eux que, somme toute, il est exact !

19

J'ai fait le trajet qui m'a conduit à Fontainebleau dans un état second, totalement absorbé par mes pensées. Fâcheuse habitude, je le reconnais, surtout quand on circule à bord d'un véhicule comme celui de Natacha ! Chaque fois que cette mésaventure m'arrive et que je m'éveille au volant d'une voiture, à des vitesses variables, je me console en songeant à cette histoire des endiviers entendue il y a bien des années lorsque, étudiant, je m'intéressais au phénomène de l'hypnose. À cette époque, les endives cultivées en Belgique étaient acheminées aux halles de Paris par de longs convois de camions roulant la nuit. Seul le conducteur du premier camion était éveillé, les autres dormaient, réagissant sur le mode hypnotique aux feux arrière du camion qui les précédait, stoppant et redémarrant au signal de ces feux. On n'avait jamais eu à déplorer le moindre accident lors de ces transports qui se perpétuèrent durant des décennies.

Quand je découvre au printemps ces chenilles

processionnaires qui dévastent les forêts et cheminent — dans quel état de stupeur ? — sans jamais dévier de leur but, je me demande quelle force inconnue plus solide que des liens tissés par des mains d'homme les colle l'une à l'autre obstinément, infailliblement, jusqu'à leur envol dans l'azur.

Au fond, c'est la même puissance de cohésion, la même communication intérieure et magique que celle qui me faisait me retourner dans le métro quand je sentais sur ma nuque le regard d'une femme qui se détournait dès que, sous l'action mystérieuse de ce regard, je me retournais brusquement vers elle.

Par le jeu de cette même force obscure, notre pensée précède parfois ce que nous appelons les événements. Je marchais la tête penchée sur le chemin de terre dont la poussière jaune, la boue séchée, les cailloux, les aspérités, des lignes fines aussi, qui traversaient le sable en tous sens, composaient comme la matière du monde, l'une de ces plages abstraites dont Dubuffet fit l'archétype de ses tableaux, lorsque j'aperçus plusieurs de ces processions de chenilles qui me font tellement horreur que j'évite toujours de poser mon pied sur elles, dans la crainte de les faire éclater et de répandre sur le sol leur intérieur immonde. Plus souvent que la beauté, c'est leur laideur qui protège choses et êtres de la destruction.

J'avais à peine franchi le barrage minuscule et dérisoire de ces organismes agglutinés s'évertuant à travers la poussière vers leur destinée énigmatique et je venais de m'engager sur cette partie du chemin qui traverse l'étang dans toute sa longueur, quand j'éprouvai avec surprise l'étrange sensation dont je viens de parler, celle d'un regard planté dans votre dos sans que vous ayez vu, entendu, ou pressenti de quelque façon la présence de celui qui vous observe. J'hésitai à me retourner tant la coïncidence de ce que je ressentais soudain avec le cours de mes réflexions paraissait surprenante. Et puis je le fis.

Ce n'était pas l'une de ces jolies créatures dont je garde le souvenir aimable qui m'honorait de son attention. Trois silhouettes trapues, deux engoncées dans des anoraks de skieur comme on en porte partout alors qu'il n'y a ni montagne ni neige, la troisième vêtue d'un imperméable semblable au mien, me suivaient sur le même chemin entouré d'eau et qu'il n'était plus possible de quitter mais seulement de suivre jusqu'au point lointain où, retrouvant la rive opposée, il se perdait de nouveau dans la forêt.

L'aspect des trois personnages dont la présence était tout à fait insolite dans cet endroit désert et qui, par leur allure, différaient totalement de ceux, forestiers, bûcherons ou braconniers, qu'on aurait pu à la rigueur y rencontrer, ne laissait aucun doute sur leur profession, non plus que sur le motif qui les conduisait en ces lieux écartés. L'éventualité que j'avais envisagée depuis le début de l'enquête, à laquelle j'avais pensé sans cesse et contre laquelle je m'étais prémuni avec soin les premières semaines, vérifiant à chaque changement de direction si aucune silhouette ne marchait sur mes traces —

cette éventualité qui survenait enfin me prenait complètement au dépourvu. L'événement attendu n'en était que plus surprenant ! C'est comme la mort, me disais-je tout à coup. On y pense sans cesse et quand elle vous fera signe après une vie bien remplie, comme à un voyageur traversant un pays de collines et découvrant chaque fois, au sommet de celle qu'il a atteinte, la ligne bienveillante de celles qui lui font suite, une autre toujours, et puis encore une autre, nous serons pris de panique ! Comme si l'échéance n'existait pas, comme si nous ne la connaissions pas depuis toujours !

Les types qui me suivent sont des professionnels. Je le vois à leur habillement, à leur démarche lente et régulière, assurée — à leur façon de parler entre eux, même si leurs paroles ne parviennent pas jusqu'à moi. Cette manière d'être désinvolte, détachée de ce qu'ils sont venus faire ici. Et ce signe encore ne me trompe pas : ils sont sortis du couvert pour se montrer à moi lorsque je ne pouvais plus leur échapper, engagé sur cette route toute droite cernée par l'étang, sans détours ou traverses, sans un buisson et sans un arbre, où ils vont me coincer comme un rat.

L'imminence du danger, l'impossibilité de la fuite me serrent la gorge. Je porte la main à ma ceinture. Stupéfaction ! Comble d'infortune et d'absurdité : j'ai laissé mon arme dans la voiture, ce qu'aucun professionnel ne fait ni ne fera jamais !

Si extravagante est la situation que j'imagine un instant être la proie d'un cauchemar. Car c'est bien cela qui se produit dans un cauchemar : tout ce qu'on redoute advient sur-le-champ ; ce train après lequel on court et qu'il faut prendre à tout prix, on ne l'attrapera sûrement pas ; à ceux qui vous poursuivent, on n'échappera pas non plus ; l'arme que je veux saisir n'est plus là !

Et moi, dans mon rêve, je me tourne vers Natacha : « Natacha ma chérie ! » Mais non, ce n'est pas son corps chaud dont je connais les formes avant de les parcourir. Ma main dans le vide ne rencontre que l'air frais de ce début de printemps. Le miroitement de l'eau sous le soleil qui s'élève m'éblouit légèrement tandis que je marche et continue de marcher sans effort, comme s'il s'agissait d'une promenade de santé. Mais derrière moi, bien éclairées par la lumière de la matinée, les trois silhouettes sont toujours là.

Que faire ? Aller vers elles pour leur expliquer que leur démarche n'a plus d'objet ? J'ai justement pris la décision d'arrêter l'enquête, alors, qu'est-ce que vous voulez de plus ? Serrons-nous la main et rentrons chacun chez nous. Vous avez une journée de liberté sur laquelle vous ne comptiez pas, et payée, qui plus est : c'est formidable !

L'ennui est que ces types-là n'ont pas l'habitude de la discussion et ne sont d'ailleurs pas là pour parler d'une affaire qu'ils ne connaissent même pas et qui ne les intéresse nullement. Ils sont là pour exécuter un ordre. Ce qu'ils connaissent, ce sont les modalités d'une série d'actions très précises dont l'enchaînement est fixé à l'avance et pour le bon déroulement duquel tout a été prévu. Tout au plus doivent-ils adapter leur comportement aux circonstances. Impossible d'en imaginer de plus favorables ! Ainsi ce coin de forêt toujours désert en semaine, ce chemin qui n'est pas un chemin mais le couloir d'une prison, cet espace dégagé où va se dérouler un spectacle que personne ne verra — sinon eux, qui ont une longue pratique de l'oubli, de telle sorte qu'ils oublient sur-le-champ ce dont ils ont été témoins. Tout dépend donc des instructions qui leur ont été transmises et des formes prescrites à leur exécution. De ces instructions, et d'elles seulement.

À partir de ce moment-là je me suis dédoublé complètement, n'éprouvant plus rien, n'étant plus que le spectateur désintéressé de ce qui allait m'arriver et qui était déjà défini quelque part, dans l'ordre de mission que ces imbéciles avaient reçu, par écrit ou oralement — au cas où ils n'auraient pas su lire ! Au cas aussi où l'intérêt général voudrait que cet ordre ne laisse aucune trace de son existence, comme ce fut le cas pour le certificat de décès de Dutheuil ou le relevé de son examen de sang.

Il paraît qu'on ne peut pas être à la fenêtre et se regarder passer dans la rue. C'est pourtant ce qui m'est arrivé ce jour-là ! Ma fenêtre, mon ciel, c'était ce creux de lumière entre l'azur et l'étang, entre la lisière qui trace autour de moi son grand cercle mystérieux et ce long trait droit qui file à l'horizon. Je me dissous dans cet espace, simple regard posé sur quatre silhouettes minuscules qui se déplacent insensiblement au bord de cette levée de terre au milieu des eaux. Trois marchent côte à côte, coudes serrés, tandis que la quatrième — la mienne — trottine devant eux, à une distance restée à peu près constante depuis qu'ils ont pénétré sur la scène de ce théâtre imprévisible.

Je me remémore soudain l'une de mes dernières aventures africaines. Nous étions affalés dans la brousse, disposés en cercle, les armes prêtes à tirer. Quelques arbustes ingrats, de maigres broussailles nous protégeaient de la chaleur insupportable à cette heure et aussi, pensions-nous, des regards hostiles. Je vois le guetteur noir arriver en courant. Il est incapable de prononcer un mot, gesticule en tous sens et nous comprenons que l'ennemi est en train de nous entourer. « En colonne par un derrière moi ! » s'écrie le capitaine. Il m'avait appris qu'en cas de panique il importe de donner un ordre, quel qu'il soit. C'est bien le cas : se lever sous les balles qui se mettent à siffler de tous côtés ne me paraît pas la meilleure idée, mais enfin nous fonçons à sa suite dans la direction où, semble-t-il, le piège ne s'est pas complètement refermé sur nous. Je courais en compagnie d'un sous-officier malgache qui m'était sympathique parce qu'il me faisait penser, je ne sais pourquoi, à Joyeux.

Et c'est alors que j'avais éprouvé pour la première fois cette singulière impression de dédoublement qui me laissait indifférent à ce qui m'entourait, alors même que je le percevais avec une lucidité parfaite. Le tir était si dense (qui donc avait appris à ces abrutis à se battre de cette façon ?) que les feuilles, les branchettes étaient coupées net et s'inclinaient à notre passage comme pour saluer notre prochain trépas. Il me semblait inconcevable que nous ne fussions pas touchés : je passais de temps à autre la main sur ma poitrine, tout étonné qu'elle ne fût pas trempée de sang. Nous courions à toute vitesse, hors du temps, dans une immobilité absolue.

Sur la levée de terre qui traverse l'étang, j'ai réintégré mon corps, je sens de nouveau les regards posés sur ma nuque, j'entends les bruits de pas qui approchent, tandis que les conversations se sont tues. Il n'y a plus derrière moi que ce battement régulier sur le sol — quelque peu excessif, quelque peu exagéré, semble-t-il. Croient-ils me faire peur en faisant du bruit ? Est-ce l'anxiété qui exacerbe l'acuité de mes sens ?

J'accélère à mon tour. Si je pouvais arriver à l'extrémité de l'étang avant eux et gagner la forêt, j'aurais une chance de leur échapper. Les voici qui courent derrière moi. Parvenus à ma hauteur, ils me bousculent pour que je leur cède toute la largeur de la route sur laquelle ils prétendent continuer à avancer de front. Je les laisse passer et ralentis insensiblement. Ils ralentissent eux aussi et puis s'arrêtent au milieu du chemin qu'ils barrent complètement. Ils se mettent à parler fort et à rire. Tandis que j'approche, je distingue leurs paroles, le motif de leurs exclamations et de leur joie :

— Il doit les avoir à zéro, le mec !

— Tu crois qu'une lame de rasoir pourrait glisser entre ses fesses !

Je les ai rejoints. Que faire ? De part et d'autre du remblai sur lequel est posée la petite route, se déroule en contrebas une minuscule plage d'une vingtaine de centimètres au bord de laquelle viennent mourir les vaguelettes de l'étang. Je descends et contourne par ce biais le groupe soudain silencieux. Ils me laissent continuer ma route. Puis ils s'ébranlent et reviennent sur moi. Je décide de leur libérer le passage sans attendre qu'ils me bousculent de nouveau. Je regagne la petite plage. Tournant le dos à la route, je m'absorbe dans la contemplation de la surface de l'étang. Miroir merveilleux et insaisissable de l'eau, que nous donnes-tu à contempler ? Pas même le lent passage des nuages convalescents de cette journée incertaine — pas même leur image —, seulement ces plages de lumière et ces signes mystérieux que nous nous efforcions de déchiffrer avec Joyeux. Des taches plus sombres prennent forme sous mon regard étonné. Les trois olibrius ont fait halte sur le remblai juste derrière moi, au-dessus de moi, et je découvre le reflet de leurs masses monstrueuses sur l'étang. Un souffle parcourt la surface qui éclate en mille morceaux. Chacun porte une parcelle des êtres maléfiques dont je sens maintenant le souffle dans mon cou. Avec l'agitation de l'eau, leurs faces simiesques sont animées d'un tremblement sinistre. Comme sur un verre déformant, leurs joues s'élargissent, leurs nez s'allongent, bras et jambes sont secoués, tels ceux d'un pantin. Une jubilation mauvaise tord leurs lèvres épaisses. Il y a des cafards dans leurs cheveux qui se dressent d'eux-mêmes, indifférents au vent, pris d'une vibration satanique. De leurs bouches baveuses jaillissent des postillons qui souillent la peau de ma nuque.

— Ça doit pas être marrant de pourrir dans un sac au fond de la flotte !

— Ou de se retrouver sur un lit d'hôtel sans une poule à côté de soi pour vous réchauffer : tout nu, tout froid !

Je suis stupéfait. N'osant me retourner, comme si chaque déplacement de mon corps, chaque geste que j'ébaucherais, allait décider de mon sort, je garde le regard fixé sur l'étang.

Les trois silhouettes difformes continuent de se balancer au gré des oscillations du flot. La main de l'un des malabars s'enfonce lentement dans la poche de son blouson. Poignard effilé ? Pistolet automatique ? Va-t-on me larder le dos de coups de couteau ou me tirer une balle dans la tempe ?

Je vois Natacha. La jeune femme s'est allongée dans le fauteuil à bascule où elle aime se reposer. Elle est plongée dans la lecture d'un livre. Elle ne lit pas. Il est tard. De temps à autre, elle jette un coup d'œil à sa montre. Ou bien, terrifiée, elle regarde le téléphone. Le téléphone va-t-il sonner à cette heure indue de la nuit ?

— Madame Michel ? Enfin, vous êtes bien la personne qui vit avec M. Michel... Johannés Michel ? Désolé de vous déranger, madame. Il faut que vous

veniez tout de suite, au commissariat de police. On
a découvert...

Natacha, existe-t-il un lieu d'où tu pourras me pardonner ?

Un coup de vent a dissipé les silhouettes maléfiques. À peine ai-je le temps de les voir glisser vers
ma droite. D'un mouvement insensible, je tourne
les yeux, et puis la tête. Ils sont partis. Ils arrivent à
l'extrémité du chemin, là où, touchant la berge, il
pénètre dans les sous-bois. Je les suis un moment
du regard. Ils ont obliqué sur la droite et disparaissent derrière les broussailles.

Je reprends lentement ma route. J'arrive à l'endroit où ils ont quitté le chemin, le sentier qu'ils
ont emprunté est vide. Je choisis la direction opposée. Je vais refaire le tour de l'étang en passant par
la forêt. Il n'y a plus de trace. J'avance au jugé, me
guidant sur le soleil, essayant d'éviter les branches
qui craquent sous mes pas. Le couvert est touffu. Je
fais halte et j'écoute. Des oiseaux vont d'un arbre à
l'autre. Leur vol est naturel. Ils passent et se posent
sans bruit. Parfois un chant. Au-dessus des arbres,
les nuages blancs, comme des chapeaux de fête,
défilent dans le ciel clair.

Je reprends ma marche, prenant soin de l'endroit
où je pose le pied. Comme si cette attention tardive
au moindre détail contribuait à conjurer le danger
auquel je viens d'échapper. Ou bien s'agit-il pour
moi de reprendre peu à peu le contrôle de mon
esprit et de mes sens ?

Pourquoi ne m'ont-ils pas liquidé ? Parce qu'ils

n'en avaient pas reçu l'ordre. L'ordre, c'était seulement cette démonstration faite avec un mauvais goût et une vulgarité qui en disent long sur la pègre qu'on recrute pour ce genre de besognes. Je m'aperçois tout à coup que je fais partie de cette pègre. Bon. On gagne sa vie comme on peut.

Et puis les paroles qui ont provoqué ma stupeur tandis que je m'attendais à prendre une balle dans la tête résonnent de nouveau à mes oreilles. On peut penser qu'elles faisaient partie du message qui m'était élégamment adressé. C'était très clair : Cesse de t'occuper de Dutheuil si tu ne veux pas finir tes jours comme lui.

Seulement, en formulant cet avis de la manière la plus simple et la plus directe, ils ont dit aussi autre chose, sans le vouloir cette fois. Eh oui ! Comment connaissent-ils ces détails sur la mise en scène macabre qui a entouré la fin de Dutheuil ? Ces détails et beaucoup d'autres, sans doute !

Je finis par croiser un chemin de coupe qui se dirige dans la direction qui m'intéresse. Je ne me suis pas trompé. Il débouche sur la clairière où j'ai laissé la voiture. De nouveau, j'observe longuement, dissimulé dans un fourré, l'état des lieux. Toujours le même calme, le même silence. Je fais le tour de la clairière sans quitter mon abri — au cas où ils seraient venus m'attendre ici. Enfin, je m'avance à découvert. J'examine la voiture. N'y aurait-il pas un petit engin dissimulé quelque part ? Toujours rien, si ce n'est une feuille de papier déployée sur le volant comme pour le protéger de la chaleur. Elle porte de grandes lettres écrites à la hâte au crayon feutre mais très lisibles : « *Occupe-toi d'autre chose. Amicalement.* »

Je conduis lentement au retour, comme si j'étais atteint moi-même par l'usure et la précarité de cette voiture. Bien que serrées sur le volant, mes mains tremblent. Je pense à ces parcours nocturnes, aux phares qui émergent au loin dans l'obscurité, approchent en épousant les détours de la route, avant de vous prendre soudain dans leur faisceau, illuminant, l'espace d'un instant, arbres, champs, maisons, jusqu'au chat surpris qui fuit sur le bas-côté.

J'éprouve moi aussi ce sentiment de fête spirituelle qu'est une révélation :

Jean Dutheuil, j'ai vu la face de tes assassins !

— Comme tu es pâle, s'exclame Natacha, comme tu es pâle !

20

Je m'éveille tard. Natacha est partie. Je réfléchis à ce que je vais faire avec l'Agence. Le téléphone sonne : c'est justement l'Agence !

— Le directeur désire vous voir, susurre la secrétaire, à trois heures cet après-midi. Soyez ponctuel. Vous aurez un second rendez-vous peu après celui-là.

Comme si je n'étais pas toujours ponctuel !

Je rédige un bref rapport à la main. La secrétaire le tapera !

En fait de ponctualité, on commence par me faire attendre, comme d'habitude. Les gens importants vous font toujours attendre, cela va de soi, même s'ils se curent les ongles de l'autre côté de la porte. L'importance est si importante dans le monde de bluff où nous vivons qu'elle tend à y devenir la chose la plus importante. Pas seulement une règle de conduite, l'une des seules règles qui subsistent — la plus nocive, d'ailleurs —, mais la source d'une activité spécifique.

C'est ce que j'essaye de faire comprendre à mon imbécile de directeur. Au lieu de se vouer à la surveillance des supermarchés, parkings et autres lieux où sévit la délinquance mineure, il y a belle lurette que ses confrères ont saisi le truc : la protection rapprochée. Elle représente une activité dont le marché semble limité à première vue. Il s'agit en principe de policiers affectés à la sécurité de personnages d'un rang élevé comme les ministres, les P.-D.G. et autres grands directeurs. Bref, la faune au milieu de laquelle évoluait Jean Dutheuil. Les gardes du corps — au fait, on aurait dû lui en fournir quelques-uns — se tiennent très près de celui qu'ils ont en charge, faisant écran et obstacle, au besoin, de leur corps. Ils sont armés et entraînés à cette tâche, mais leur compétence est des plus médiocres. Aussi bien n'est-ce plus de protection qu'il s'agit, et c'est ce que mon révéré directeur a tant de mal à se mettre dans la tête.

Voici l'axiome de base : toute personnalité importante doit être protégée. Corollaire : plus elle est importante, plus la protection doit être sévère — et visible. Visible, parce que la dissuasion fait évidemment partie de la protection. Celui qui voudrait commettre un mauvais coup y réfléchira à deux fois avant de franchir un cordon de gorilles prêts à lui tirer dessus au premier geste suspect. Telle est donc la première conséquence de l'axiome fondamental : plus la protection d'un personnage est sévère, et visible, plus il doit s'agir d'un personnage important. Corollaire *bis* : toute personne désireuse d'occuper une place importante dans la société et d'être reconnue comme telle doit s'entourer d'une protection rapprochée, proportionnelle à l'importance qu'elle revendique. Plus grand est le nombre de pseudo-policiers en uniforme ou en civil s'agitant autour d'un imbécile, plus l'imbécile ressemble à un génie. En résumé, ce n'est pas parce qu'un individu est important qu'il doit être protégé, c'est parce qu'il est protégé qu'il est important. Le désir d'importance étant universel et le véritable moteur de la société, il s'ensuit que la protection rapprochée a devant elle un marché en pleine expansion.

Scholie : la protection rapprochée servant non à protéger mais à rendre important, la nature de cette activité change totalement. Plus question de gorilles engoncés dans des blousons aux formes volumineuses. Plutôt de jeunes hommes élégants, complets italiens près du corps, entourant le personnage principal, bourdonnant à son approche, préparant son apparition, n'osant se prononcer sur ce qu'il dira exactement mais capables, le cas échéant, de parler à sa place ou de faire patienter la foule : des porte-parole, des attachés, une nuée de secrétaires eux-mêmes très importants et donnant à celui dont ils forment en quelque sorte la garde intellectuelle une dimension nationale, voire planétaire.

Au fond, c'est pour un métier de ce genre que je suis fait. Je ne resterai dans cette agence crasseuse que si le directeur m'offre un poste correspondant à mes capacités, avec un salaire...

219

— Le directeur vous attend...

Il m'accueille de manière presque aimable. Depuis ma dernière visite, on a repeint le bureau et changé les moquettes. Elles sont même blanches, comme je l'avais suggéré. Commencerait-on à avoir des ambitions par hasard ?

— Cher ami, le moment est venu...

J'extirpe mon papier. Il a l'air surpris.

— Mais ce n'est pas à moi que vous allez faire votre rapport...

J'écoute : ça devient intéressant.

— Je vous l'avais dit dès le début de cette affaire — vous vous en souvenez ?

— Très bien, très bien.

— C'est le commanditaire de l'enquête qui a demandé à vous rencontrer personnellement, et c'est normal. C'est lui que tout cela intéresse, vous en convenez ?

— En effet.

— Qu'allez-vous lui dire ?

J'hésite. Il est temps malgré tout de dégourdir l'esprit de ce laboureur !

— Ce qu'il a envie d'entendre.

Il est interloqué, le directeur.

— Mais... cela aura tout de même un rapport avec la vérité ?

— Avec une partie de la vérité, celle très exactement qu'il souhaite connaître.

Il rit.

— Ah bon, très bien ! Faites pour le mieux. Je vois que vous êtes prêt...

Il me donne le lieu du rendez-vous, et le nom de celui que je dois rencontrer :

— M. Léon.

— M. Léon ?

— Oui ; il ne désire pas être désigné autrement.

— À quoi ressemble-t-il ?

— Je ne sais pas, je ne l'ai jamais vu.

— Et je le reconnaîtrai comment ?

— Vous allez au bar d'un grand hôtel. Vous vous adresserez à la réception. On vous conduira jusqu'à lui. Eh bien, je crois qu'il est temps.

— J'aimerais vous parler de ma situation personnelle. Serait-il possible de vous voir... demain ?

— Demain, je serai très pris. Passez toujours, on essaiera de trouver un moment.

— Au fait, dis-je, ce rendez-vous maintenant, je m'y rends seul ?

Il n'a manifestement pas pensé à cela.

— Oh... oui. Je ne pense pas qu'il y ait de problème : c'est en plein centre.

En sortant, je m'interroge. Évidemment, c'est en plein centre, mais enfin, si on me dit de monter dans une voiture et que le rendez-vous ait lieu dans la forêt de Fontainebleau... Cela m'ennuie d'avoir de nouveau recours à Joyeux, mais je pense à Natacha. Joyeux, après tout, il sera très content. Pourvu qu'il soit là !

Il est là. Il est toujours là maintenant. Je suppose qu'il a pris du galon. Ce sont les autres qui partent en vadrouille pour faire le boulot pendant qu'il discute le coup avec sa secrétaire.

Je lui explique cette histoire de rendez-vous.

— Où ça, à quelle heure ?

— J'y vais ?

— Vas-y doucement.

L'endroit me rappelle mes entrevues avec Christine Dutheuil. À propos, qu'est-ce que je vais faire avec celle-là ? Est-ce que je lui envoie le mémoire que je lui avais promis ? Il est évident qu'elle n'y tient pas. Je suppose que ce qu'elle veut, c'est ne plus entendre parler de cette affaire. Tous ces souvenirs affreux, on la comprend... Et puis les journalistes, le scandale...

Peut-on vivre cependant en tournant le dos à la vérité ? En l'oubliant complètement ? N'est-elle pas mêlée à notre chair, à notre souffle, de telle sorte qu'il deviendrait impossible de respirer si elle nous quittait pour de bon ? Sans vérité, il ne serait plus vrai que nous respirons : nous ne respirerions plus !

J'ai la main sur mon arme quand je pénètre dans le bar silencieux. Trois individus sont avachis sur un canapé et tournent le dos à l'entrée. Devant eux, il y a une glace dans laquelle je vois ma silhouette se découper un instant. Pas le temps d'examiner leurs têtes. Une impression bizarre, tout de même.

À la réception, on n'est pas étonné de ma demande. Le préposé s'agite aussitôt et me conduit vers un angle désert de ce salon luxueux. Un homme se lève. Il est grand, large d'épaules, le visage fin, les cheveux blancs. Il porte des lunettes cerclées d'or.

Je ne suis pas vraiment surpris en reconnaissant

celui que je n'ai jamais vu. D'une certaine façon, je suis rassuré. Il va m'être beaucoup plus facile de lui parler sachant qui il est. Est-ce qu'on éprouve toujours de la sympathie pour le mari ou l'amant d'une femme qu'on s'est tapée en douce ? Toujours est-il que je lui trouve un air d'amabilité.

Il me semble être en possession d'un état des lieux, voir plus loin que l'homme courtois et distingué qui m'a prié de m'asseoir et dont le sourire discret dit assez qu'il est venu rechercher un accord. Et peut-être aussi qu'il n'est pas fâché de rencontrer, en lieu et place d'un barbouze semblable à ceux qui gardent l'entrée de notre bar, l'un de ces attachés à la protection rapprochée dont je rêve.

Et je n'oublie pas que derrière sa physionomie attentive et un peu lasse, se tient un autre visage, plus dur, un second personnage, plus menaçant, dont le regard est posé sur nous. C'est à celui-ci qui nous interroge tous les deux, qui guette le moindre de nos gestes, la plus légère de nos hésitations, qui cherche à savoir s'il doit nous liquider à notre tour, qu'il convient de dire, par l'intermédiaire de mon aimable P.-D.G., ce qui doit le rassurer définitivement — ce qui doit nous sauver la vie !

Une secrète complicité nous lie déjà, tandis qu'il commence à parler, d'une voix assourdie et presque amicale :

— Nous avons été terriblement affectés par la brusque disparition de M. Dutheuil. C'était un collaborateur d'une valeur exceptionnelle, actif, plein d'intuitions fructueuses. Plus utile à lui seul pour une grande entreprise comme la nôtre que vingt collaborateurs pourtant très compétents. Et puis, de nombreuses années d'un travail en commun, d'une confiance absolue... créent des liens irremplaçables.

Je donne des signes évidents de sympathie.

— C'est pourquoi, lorsque ce malheur est survenu, nous avons voulu savoir... Il y avait bien eu une enquête...

— Je croyais qu'il n'y avait pas eu d'enquête.

— Mais c'est vrai ! Je me souviens, vous avez raison. C'est pour cela justement que, pour nous-mêmes vous comprenez, compte tenu de l'attachement que nous avions pour ce collaborateur éminent, nous avons souhaité des informations plus précises. Il y avait les conditions de cette mort... Vous pensez qu'il s'est suicidé ?

— Certainement pas.

— N'est-ce pas, les circonstances autorisaient plusieurs hypothèses, c'était étrange.

Et puis brusquement :

— Vous avez des preuves ?

— Oui et non. Il y avait des preuves, mais elles ont disparu. C'est précisément cet évanouissement des preuves qui est la preuve la plus forte.

— Quelles étaient ces preuves ?

— Un examen de sang dont le document a été dérobé. Un certificat de décès sur lequel les causes du décès ne figuraient pas.

Il fait semblant de se souvenir.

— Mais oui ! Je me rappelle très bien. C'est

même ce détail, si on peut appeler cela un détail, qui nous a décidés à nous adresser à votre agence...

Il marque une pause. Moi aussi. J'ai décidé de le laisser venir, parce que, d'après ses questions, je verrai mieux comment orienter mon récit.

Il entre justement dans le vif du sujet. Le ton a changé imperceptiblement et c'est ici qu'il ne faut pas se tromper.

— S'il s'agit d'un meurtre, qu'avez-vous appris ?... Connaissez-vous les assassins ?

De nouveau, je réponds de manière à le décontenancer quelque peu :

— Oui et non.

— Comment cela ?

— Je vois, si vous voulez, le genre de l'affaire, les motifs de ce... crime, puisque c'est un crime. Je devine la silhouette des personnages. Mais connaître avec précision les individus effectivement impliqués... je crois que c'est impossible.

Il s'est rejeté en arrière dans son fauteuil, il respire mieux, moi aussi.

— Quel genre d'affaire ?

Il fait un peu trop le naïf. Enfin, continuons notre jeu :

— Il s'agit du financement clandestin du parti social. M. Dutheuil s'en occupait très sérieusement.

Je n'ajoute pas : c'est même vous qui l'en aviez chargé, avec un congé de durée indéterminée pour l'exécution de cette noble activité. N'allons pas lui en raconter trop et lui donner des inquiétudes jusque du côté de sa belle amie. Il suffit de lui faire comprendre que j'en sais plus que ce que je veux bien lui dire et, de cette façon, que je suis capable de tenir ma langue et de n'en parler à personne d'autre.

Je poursuis :

— Cet argent clandestin, évidemment, éveillait bien des convoitises.

Il sursaute.

— Vous ne pensez pas que M. Dutheuil... s'est laissé tenter et que sa mort provient d'un règlement de comptes sordide ?

— À ce stade, voyez-vous, monsieur (j'ai failli dire « monsieur le président »), nous en sommes réduits à des conjectures. Quant à moi...

Nous nous dévisageons.

— Je ne crois pas que M. Dutheuil soit mort parce qu'il avait été malhonnête, mais au contraire à cause de son honnêteté.

— Quelle situation extraordinaire ! Pourriez-vous préciser votre pensée ?

— Ce n'est pas Dutheuil, à mon avis, qui a puisé dans la caisse, mais il a empêché ou voulu empêcher quelqu'un de le faire.

— Incroyable !

— Encore une fois, monsieur, il ne s'agit de ma part que de suppositions...

— Et qui serait ce quelqu'un ?

— Ce quelqu'un signifie à mes yeux beaucoup de gens. Et, encore une fois, je crois qu'il est impossible de les identifier. Il y a les exécutants d'un côté. Probablement pas de simples tueurs à gages. Plutôt des policiers privés, attachés à une organisation et travaillant régulièrement pour elle.

— Qu'est-ce qui vous fait envisager cette hypothèse ?

— Le fait qu'il y ait eu une machination, un traquenard sans doute, un plan, une mise en scène.

— En effet, mais cette organisation pour laquelle ils travaillaient...

— Organisation n'est pas le mot exact. Je suppose qu'il s'agit plutôt d'un groupe de trafiquants.

Ses yeux s'allument.

— Quelle sorte de trafiquants ?

— Probablement des trafiquants d'armes. Ces gens-là ont besoin d'une surveillance permanente pour la garde, le transport et, qui sait, la maintenance de leurs marchandises particulièrement complexes et onéreuses.

— Avez-vous une idée sur ce groupe ?

— Aucune.

— Serait-il possible de poursuivre l'enquête sur ce point ?

— Absolument pas.

— Et pourquoi ?

Son regard me fixe comme celui d'un oiseau. Irène a eu cette expression une fois avec moi.

Je ris, tandis qu'il m'observe ouvertement.

— On ne peut tout de même pas aller perquisitionner dans les bureaux de la présidence !

Il mime l'effarement.

— Vous croyez que ça va jusque-là ?

— Franchement, je n'en sais rien. On se trouve devant une nébuleuse... insaisissable.

— Mais alors...

C'est lui qui va le dire :

— Ne conviendrait-il pas de considérer que l'enquête est terminée ?

— Il n'y a rien d'autre à faire.

Il saisit la perche avec une précipitation excessive :

— Vraiment, monsieur, permettez-moi de vous exprimer mon... admiration. En cette circonstance, vous avez fait preuve d'une... d'une lucidité, d'une intuition... d'une sagesse ! Et j'imagine que ça n'a pas dû être facile...

J'approuve avec modestie.

Il semble pris d'une inspiration et se lève brusquement. Une sorte de silence solennel s'établit comme au moment où le président d'un jury annonce le résultat de ses délibérations devant le candidat au garde-à-vous.

— Convenons-en, monsieur, l'enquête est terminée !

Sa main glisse le long de sa veste, hésite entre les deux poches qui, contrairement à ce qu'on remarque chez les gens bien habillés, sont aujourd'hui légèrement déformées. Elle se dirige finalement vers la plus saillante, en retire un paquet plat et l'avance vers moi.

— Permettez-moi de vous exprimer toute notre gratitude...

Sans me quitter des yeux, il me tend la main.

— L'enquête, dis-je à mon tour avec quelque solennité, l'enquête est terminée !

Je m'incline et, après avoir fait glisser l'enveloppe dans ma propre poche, gagne la sortie.

Les barbouzes ne me prêtent pas plus d'attention qu'à l'aller mais leurs visages cette fois sont tournés vers moi. Ce sont les trois faces que j'ai vues danser sur l'eau lors de ma promenade de la veille le long de l'étang.

Dehors, je marche à vive allure. Je serre mon imperméable contre moi, protégeant l'enveloppe qu'il ne s'agit pas de semer sur le trottoir et cachant mon arme que je n'ai pas oubliée cette fois. Malgré ma rapidité, quelqu'un me rattrape et se tient à ma hauteur.

C'est Joyeux.

— Ça s'est bien passé ?

— Je crois. Le type m'a refilé un paquet de fric.

— J'ai vu.

Sacré Joyeux ! Je continue à avancer sans le regarder. Et tout à coup je lui fais part du souci qui me tenaille depuis pas mal de temps :

— Dis donc, Joyeux, ce ne sont pas tes zouaves qui ont liquidé Dutheuil ?

— Toi alors, t'as une bonne opinion de ton vieux copain qui, entre nous soit dit, t'a tiré de la merde plus d'une fois.

— Ça n'a pas échappé à mon œil exercé.

— Les types qui ont supprimé Dutheuil, tu vois, ils travaillaient comme des cochons.

— Et pourquoi ?

— D'abord, ils n'avaient pas à lui casser la gueule. Un cadavre défiguré, tu imagines ? À moins que ça fasse partie du scénario, ce qui n'était pas le cas. Et puis, cet herbicide, les salauds !

— Je ne vois pas.

— Ce sont nos services qui ont ramené ce truc. C'est pratique, mais c'est signé. Aussi ne l'employons-nous plus que très rarement, tu comprends ? Ça voudrait dire que c'est nous. Ça ne les a pas gênés, les types !

— Comment ils connaissaient le truc ?

— Ces commandos sont composés de vétérans. Certains viennent de chez nous, d'ailleurs, de partout, il y a d'anciens paras — tu te rends compte !

Je me rends compte.

Joyeux me tapote affectueusement la nuque.

— Dis donc, lui dis-je, si on bouffait ensemble ce soir ? Pour une fois, c'est moi qui t'invite !

— Rentre plutôt chez toi. Il y a quelqu'un qui doit t'attendre. Pourquoi tu ne lui offrirais pas des vacances ? C'est la saison des amours.

21

Je me sens vidé. Pourtant, quand j'arrive, Natacha me trouve meilleure mine.

— Vraiment ? J'ai envie de prendre des vacances. Qu'est-ce que tu dirais d'un voyage en Italie ?

— Maintenant ?

— Il te reste des tas de jours de congé à prendre, non ? Et puis, tu n'as qu'à aller voir ton toubib.

— Mais... ce sera seulement quelques jours. Nous n'avons pas beaucoup d'argent en ce moment. J'ai regardé le compte.

— Justement, une fois n'est pas coutume, je t'offre un cadeau.

— Un cadeau ?

Je pose le paquet sur la table. Je crois bien que, mis à part des fleurs, c'est la première fois que je lui offre quelque chose. Plaisir subtil d'observer une femme qui reçoit un cadeau, surtout quand l'événement se produit si rarement. Cet air détaché et en même temps cette curiosité active.

— Qu'est-ce que c'est ?

— Tu vois, c'est un poudrier en fer-blanc.

Commencent alors les manœuvres d'approche. Enfin, elle a défait l'emballage et considère le contenu tandis que son front s'assombrit à mesure qu'elle compte les billets.

C'est drôle, des billets. Quand on en retire à la banque, ça occupe beaucoup de place et il y en a très peu. Ici, ils ont dû les passer sous un rouleau compresseur, ils sont littéralement collés les uns aux autres. Natacha a une peine folle à les détacher. Bien que le paquet soit assez épais, la quantité dépasse toute prévision. Natacha est à la fois stupéfaite et inquiète. Elle compte toujours, il y en a toujours. Les billets sont tout neufs. Ça doit ressembler aux paquets que Jean Dutheuil transportait dans ses valises.

Elle se tourne vers moi, le visage grave, comme si elle venait de désamorcer un engin explosif.

— Tu te représentes !

Elle réfléchit, et puis elle me dit :

— Qu'est-ce que tu as fait pour qu'on t'allonge tout ce fric ?

— Rien.

— Ils t'ont donné tout ça pour rien ?

— Certainement.

— Toi, tu me caches encore quelque chose. On ne paie pas des gens, surtout une somme pareille, à ne rien faire, non ?

— Mais si... Ils achètent mon silence. Le silence, tu sais, c'est ce qui vaut le plus cher.

Long regard noir de Natacha.

— Mais alors tu sais, tu as trouvé ?

— À peu près.

L'inquiétude la gagne de nouveau.

— Tu connais l'assassin ?

— Je n'ai pas vu son visage, je n'ai pas entendu le son de sa voix. Mais le type que j'ai rencontré tout à l'heure, lui, les connaissait. C'est par son intermédiaire que j'ai discuté avec l'assassin — avec les assassins.

— Qu'est-ce qu'ils voulaient ?

— S'assurer par un regard autre que le leur qu'on ne savait rien d'eux — que la citadelle était imprenable.

Elle émet un léger sifflement où se décèlent mal la part de l'admiration et celle de la terreur.

— Ou encore que celui qui savait ne dirait rien.

— Ils savent que tu sais ?

— Ils s'en doutent.

— Mais alors tu es encore en danger !

— Il a été bien précisé entre nous que l'enquête était close.

Elle n'est qu'à demi rassurée.

— D'ailleurs, tu vois, les clauses du contrat sont sur la table.

— Ils ont sacrifié tout cet argent pour se rassurer ?

— Pour eux, tu sais, ce n'est pas considérable. Et puis, les gens riches suivent des zigzags incompréhensibles aux autres. Malgré tout, eux aussi, ils ont peur, ils cherchent à se prémunir contre quelque chose...

— Contre quoi ?

— Ils ne savent pas très bien, ils sont comme nous. Ou bien ils n'y pensent pas, ou bien ils se barricadent derrière des réseaux de protection... Tiens, la protection rapprochée. Transformer l'insignifiance en importance ! C'est à quoi il faut que je songe...

— Qu'est-ce que tu dis !

— Au fait, on va à Vicence, à Vérone, à Padoue ? Tu préfères Rome ?

Natacha bondit comme une chatte. La jambe gauche file au plafond. Elle entame une danse effrénée autour de la table.

— N'adorons tout de même pas le veau d'or ! lui dis-je en riant.

Elle s'agenouille devant moi. Le regard des femmes est comme celui des animaux, il vous traverse, va plus loin, ailleurs peut-être. Il n'a fait que prendre un appui provisoire sur votre visage, avant de se précipiter vers ce qui n'a pas de visage. Au fond de sa nuit, il y a Dieu.

Et puis Natacha reprend sa danse, m'adresse de grands signes exaltés.

— Chouette, on va pouvoir changer de bagnole !

Elle réfléchit :

— Je préfère l'Italie du Nord.

« Ils allaient souvent en Italie... »

Cette remarque de Marie Nalié me revient à l'esprit.

Marcherons-nous sur leurs traces sans le savoir ? Verrons-nous les mêmes villes, les mêmes palais, leurs escaliers de marbre, avec les mêmes yeux — avec leurs propres yeux ? Peut-on jamais voir avec les yeux d'un autre, se fondre dans son regard ?

Tout cela sans doute t'est devenu indifférent. Ils ont oublié ton nom. Ils m'ont refusé jusqu'au droit de l'écrire. Tu as oublié le leur. Tes yeux se sont détachés des choses de ce monde. Son tintamarre ne trouble plus ton sommeil, le battement des pieds des danseuses ne t'émeut plus.

Pour toi, le changement ne fut-il pas trop brusque ? Le silence est-il audible à celui qui n'en a pas acquis la longue habitude ? Entends-tu le silence de la Terre, Jean Dutheuil, l'entends-tu ? Ton corps s'est glissé dans ses plis immémoriaux. Tes membres ont retrouvé l'alignement parfait.

Du même auteur

Romans

LE JEUNE OFFICIER, Gallimard.
L'AMOUR LES YEUX FERMÉS, Gallimard, Prix Renaudot.
LE FILS DU ROI, Gallimard.

Philosophie

L'ESSENCE DE LA MANIFESTATION, Épiméthée, P.U.F.
PHILOSOPHIE ET PHÉNOMÉNOLOGIE DU CORPS, Épiméthée,
 P.U.F.
MARX, I : UNE PHILOSOPHIE DE LA RÉALITÉ ; II : UNE PHILOSO-
 PHIE DE L'ÉCONOMIE, Gallimard.
GÉNÉALOGIE DE LA PSYCHANALYSE, Épiméthée, P.U.F.
PHÉNOMÉNOLOGIE MATÉRIELLE, Épiméthée, P.U.F.

Essais

LA BARBARIE, Grasset.
VOIR L'INVISIBLE, Julliard.
DU COMMUNISME AU CAPITALISME, O. Jacob.

La composition de cet ouvrage
a été réalisée par l'Imprimerie BUSSIÈRE,
l'impression et le brochage ont été effectués
sur presse CAMERON
dans les ateliers de Bussière Camedan Imprimeries,
à Saint-Amand-Montrond (Cher),
pour le compte des Éditions Albin Michel.

Achevé d'imprimer en décembre 1995.
N° d'édition : 15046. N° d'impression : 2687-4/854.
Dépôt légal : janvier 1996.